CB129643

Os Cristais do Fundo do Lago

Sandra Marcondes

Pelo espírito Leopoldo

Os Cristais do Fundo do Lago

ANUBIS

© 2016, Editora Anúbis

Revisão:
Viviane Lago Propheta

Projeto gráfico e capa:
Edinei Gonçalves

Apoio cultural:
Rádio Sensorial FM web
www.sensorialfm.com.br

Dados Internacionais de Catalogação na Publicação (CIP)
(Câmara Brasileira do Livro, SP, Brasil)

Leopoldo (Espírito).
Os cristais do fundo do lago / pelo espírito Leopoldo; [psicografado por] Sandra Marcondes. -- São Paulo: Anúbis, 2016.

ISBN 978-85-67855-45-5

1. Espiritismo 2. Romance espírita I. Marcondes, Sandra . II. Título.

16-01172 CDD-133.9

Índices para catálogo sistemático:
1. Romance espírita : Espiritismo 133.9

São Paulo/SP - República Federativa do Brasil
Printed in Brazil - Impresso no Brasil

Este livro segue as novas regras do Acordo Ortográfico da Língua Portuguesa.

Os direitos de reprodução desta obra pertencem à Editora Anúbis. Portanto, não é permitida a reprodução total ou parcial desta obra, de qualquer forma ou por qualquer meio eletrônico, mecânico, inclusive por meio de processos xerográficos, incluindo ainda o uso da internet, sem a permissão expressa por escrito da Editora (Lei nº 9.610, de 19.2.98).

Distribuição exclusiva
Aquaroli Books
Rua Curupá, 801 - Vila Formosa - São Paulo/SP
CEP 03355-010 - Tel.: (11) 2673-3599
atendimento@aquarolibooks.com.br

Impressão e acabamento: Mark Press Brasil

Agradecimentos do Leopoldo

Muitíssimo obrigada a Deus, a Jesus, a amantíssima Mãe Maria, aos amados amigas e amigos encarnados e desencarnados e a Sandra que contribuíram para a realização deste trabalho. Estou muito feliz com esta abençoada oportunidade de poder contar uma história que, na verdade, não é minha, mas de todos nós no caminho de Deus que habita nossos corações!

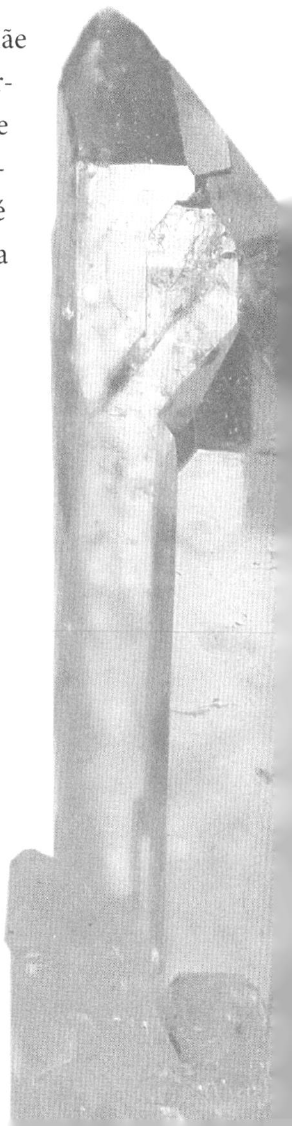

Palavras e agradecimentos da médium Sandra

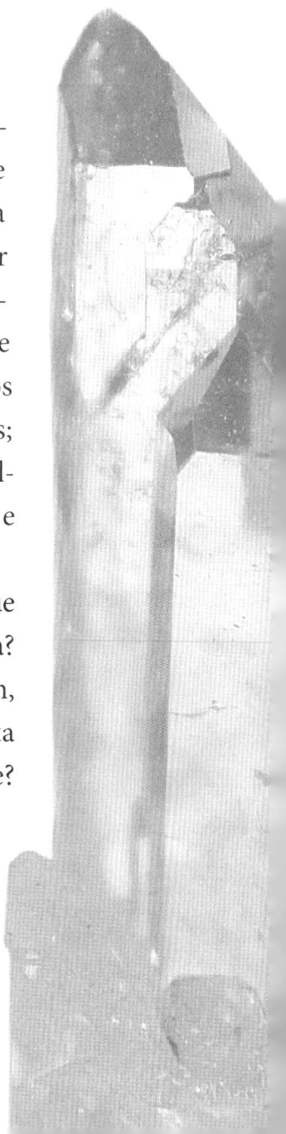

"Incontáveis e profundas lições" é o primeiro pensamento que me vem à mente ao escrever sobre a história que o belo espírito Leopoldo amorosamente nos presenteia. Uma dessas lições, importantíssima, é a compreensão de que por meio dos relacionamentos que consideramos difíceis e conflituosos, principalmente no abençoado âmbito familiar é que Deus nos concede infinitas oportunidades de auxiliar-nos uns aos outros através do amor; saldarmos débitos passados; superarmos desafios de vida e, assim, crescermos espiritualmente para que compreendamos que somos Luz de Deus e em Deus.

"Por que meu pai me causa tanto medo e pavor desde que sou criança? Por que sinto nojo dele? Por que ele me odeia? Por que meu pai me rejeita? Eu tenho raiva dele e, também, o odeio! Deus, por que sofro esse castigo? A vida foi injusta comigo. Jamais fiz mal algum ao meu pai. E a minha mãe? Por que sempre foi omissa em tudo o que diz respeito a minha vida? Eu sou uma vítima. Eu queria ter outros pais... outra família... A minha família é muito difícil... A convivência com o meu pai é algo insuportável. Ele sempre me chamou de burro. Será que sou burro mesmo? E além de tudo isso, meu pai é um político corrupto e justifica seus atos corruptíveis como sendo justos! Inacreditável... Sinto um vazio enorme no peito e eu não sei como preencher esse "grande buraco". O que devo fazer meu Deus?"

Esses são os questionamentos existenciais do Leopoldo que o levaram a se deprimir de tal maneira que ele decide desistir da vida... Mas, a vida é infinita... E ao se dar conta disso, o Leopoldo sai à busca de respostas... E encontra várias delas... Porque no fundo da sua alma, seu maior desejo é aprender a amar a si mesmo, ao seu pai e a toda a família universal...

Enfim, agradeço a Deus, a Jesus, a Mãe Maria, ao amado Leopoldo que pacientemente me contou sua linda história e aos trabalhadores desencarnados que contribuíram para que esta linda história de superação chegasse até nós. Agradeço, também, aos irmãos e irmãs encarnados que tornaram possível a realização e publicação deste livro. Muito obrigada. Muito obrigada a todos. Muita luz. Fiquemos todos no amor e na paz de Deus e em Deus, de Jesus e sob o manto protetor da nossa Mãe Maria.

Sumário

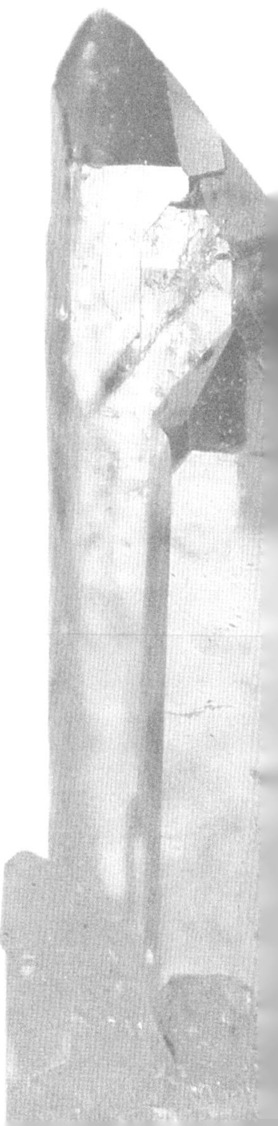

Capítulo I

Ano terreno de 1918[1]

– Meus senhores: eu prometo que se ganhar a próxima eleição para o cargo de prefeito, mais uma vez, eu vou fazer chover nesta terra abençoada por Deus e Nosso Senhor Jesus Cristo. E eu, também, prometo que não vai faltar leite e comida para as nossas crianças. Além disso, vou distribuir roupas para todos e construir um hospital e uma escola. Contratarei muitos médicos e professores para trabalharem nesta abençoada região do sertão do nordeste do Brasil, que Deus nos concedeu bondosamente para vivermos.

"Mas para que tudo isso aconteça eu preciso contar com o apoio dos senhores, que têm o privilégio de desfrutarem da minha honrosa e nobre amizade e, também, da minha nobre senhora e família" – falou o coronel Jerônimo a uma pequena multidão de pessoas, com vestes surradas e corpos precocemente envelhecidos, devido a todo tipo de privação pelas quais passavam, sendo, principalmente, a falta de água e comida.

Ao ouvir as promessas absurdas do meu pai para aquele povo sofrido com a seca, eu – Leopoldo –, resolvi me retirar

1. Os nomes verdadeiros de todos os personagens desta história foram trocados por motivos de privacidade, mesmo porque há descendentes desses personagens que vivem encarnados, neste momento, no plano físico do Brasil (Nota do Leopoldo).

do improvisado palanque de madeira, sob os olhares reprovadores do meu pai, os quais, como sempre, causavam-me arrepios de pavor; e os olhares, também, reprovadores, da minha irmã Olímpia e da minha mãe Aurélia, a qual concordava com tudo que meu pai dissesse ou fizesse.

Aliás, jamais, nos meus 26 anos de vida, eu vi minha mãe discordar do meu pai no que quer que fosse. Isso porque, ela dizia: "seu pai sempre sabe o que faz". Além do mais, ele é homem e eu, como sua mulher, prometi obediência a ele por toda a vida minha, diante do padre que celebrou o nosso casamento. Mas a verdade era outra. Minha mãe tinha pavor de escândalos sociais, e como sempre quis passar a imagem da família perfeita para a sociedade, evitava qualquer tipo de confronto com ele.

Bom... Resolvi montar meu cavalo e retornar à enorme casa da minha família que se situava na maior fazenda da região. Cheguei suado devido ao Sol do meio-dia. A temperatura estava por volta dos 40° centígrados. Entrei na cozinha e me encontrei com a Bastiana, minha amada ama de leite que cuidou de mim, com muito amor, desde o dia em que nasci. Seus pais, já falecidos, foram escravos do meu avô, pai do meu pai.

– Meu fio, ocê vortô antes da vossa famía? Perguntou a Bastiana, que abriu um largo sorriso ao ver-me, para logo em seguida demonstrar um ar de preocupação. – Num vai dizê que ocê brigô cum vosso pai de novo! Cruz credo! Mal vortô da cidade grande e já briga cum vosso pai. Ocê ficô tantu tempo fora de casa pra estudá e virá dotô. Será que o sinhozinho um dia vai si entendê cum o coroné? Esse é o maior sonho da minha vida meu fio. Ocê nasceu fio do coroné pra mode ocêis se entendê. Dá um jeito de num perdê a oportunidade desta vida.

– Bastiana, vem cá, minha bela mãezinha – falei carinhosamente e sem vontade de responder a sua pergunta, pois eu sabia que era impossível eu e o meu pai nos entendermos. Preferi abraçar a Bastiana, dar-lhe um beijo em sua gorda bochecha e pegar um copo com o delicioso suco de caju que, para mim, só a Bastiana sabia fazer.

– Menino... Se vosso pai vê ocê me dá beijo, ele arranca o meu couro e o seu tumbém.

– Por favor, mãezinha Bastiana, me deixa esquecer pelo menos por alguns instantes que o coronel Jerônimo é o meu pai! Vem aqui bela mãezinha – e eu a puxei pelo braço –, por favor, senta comigo em volta da mesa para a gente conversar.

– Ai meu Deus e Nosso Senhô Jesus Cristo. Quanta veiz o coroné disse que num qué essa nêga véia sentada na mesa junto de ocê, meu menino? Eu sô empregada da casa, minha mãe e meu pai era escravo do vosso avô... Meu lugar é da cozinha pra fora. Só entro na casa pra fazê a limpeza. Num esquece disso não meu fio amado.

– Meu pai está na cidade prometendo absurdos ao povo. Ele vai demorar a chegar, graças a Deus! Somente assim posso ter um pouco de paz. Mas, senta comigo minha mãezinha. Descansa um pouco e toma, também, um copo de suco de caju.

– Tá bom, meu fio – falou a Bastiana com seu lindo e costumeiro sorriso. Mais só dessa veiz. E num me chama de mãezinha. Vosmecê sabe qui a vossa mãe, a sinhá Aurélia, fica aborrecida e vai mandá me castigá.

– Mãezinha Bastiana – eu sempre insistia em chamá-la assim, já que eu sentia que ela era a minha verdadeira mãe –, a escravidão já acabou. Você sabe que a minha mãe não pode mais te castigar.

E começamos nossa conversa, como sempre, muito agradável. A Bastiana tinha sempre palavras sábias a me dizer e o dom de me acalmar. Esqueci o tempo passar com a Bastiana que me ouvia falar, pacientemente, sobre o meu grande sonho, desde criança, em trabalhar para proporcionar condições dignas de vida à população da região.

Cerca de uma hora e meia se passou e a Bastiana se levantou para lavar a louça. Eu, por minha vez, dirigia-me ao meu quarto para tomar um bom banho quando ouvi um grito vindo da porta do lado de fora cozinha a ordenar-me que eu não saísse de onde estava. Era o meu pai, seguido da minha mãe e irmã, que mais uma vez se dirigia a mim com muito ódio:

– Seu banho vai ter que esperar porco maldito! Mulherzinha! Você me deve explicações. Não admito que se retire do meu palanque antes que eu termine os meus discursos. Não admito que você, que não passa de um frangote, me desafie. Você me deve respeito e obediência. Eu é que te sustento vagabundo.

Titubeei de pavor. Não adiantava... Eu jamais iria me acostumar com as gritarias e atitudes tresloucadas do senhor meu pai. Porém, desta vez encontrei um pouco de força, para tentar, ao menos, uma conversa com ele. E essa força veio da minha forte indignação com relação às promessas insensatas e mentirosas que o meu pai fazia ao povo já tão sofrido.

Ao seguir meu sentimento consegui captar, embora não tivesse consciência disso, as irradiações de luz que me eram enviadas pelos espíritos iluminados Lucinda e Belquior. E, também, me permiti ouvir as suas sábias palavras no sentido de que eu sou um filho de Deus e por isso tenho coragem de expor as minhas ideias de modo calmo, pacífico e coerente.

Assim, falei:

– Devo-lhe respeito senhor meu pai? Como posso respeitar alguém que promete ao povo que vai fazer chover em troca de votos? Como posso respeitar alguém que promete ao povo que não faltará leite e comida para suas crianças quando sabemos que isso não é verdade? Como respeitar alguém que promete ao povo que vai construir um hospital e uma escola e trazer médicos e professores para esta região, se nós sabemos que isso, também, não é verdade? O senhor não está e nunca esteve preocupado com o povo.

Respirei fundo. Finalmente, pensei, eu consegui expor minha opinião ao meu pai. Todavia, esse instante durou pouquíssimos minutos, pois logo em seguida eu permiti que sentimentos de desespero e pavor inundassem novamente todo o meu ser. E em questão de segundos uma enxurrada de perguntas me vieram à mente: "Por que meu pai me causa tanto medo e pavor desde que sou criança? Por que sinto nojo dele? Por que meu pai me odeia? Por que meu pai me rejeita? Eu tenho raiva dele e, também, o odeio! Deus, por que sofro esse castigo? A vida foi injusta comigo. Jamais fiz mal algum ao meu pai. E a minha mãe? Por que sempre foi omissa em tudo o que diz respeito a minha vida? Eu sou uma vítima. Eu queria ter outros pais... Outra família... A minha família é muito difícil... Minha convivência é insuportável com o meu pai. Sinto um vazio enorme no peito e eu não sei como preencher esse "grande buraco". Sinto vontade de desistir de tudo...

E com esses meus pensamentos, os quais sempre foram uma constante em minha vida, o desespero cresceu ainda forte mais dentro de mim; o meu campo vibracional se desestabilizou completamente, cuja consequência foi me permitir, mais uma vez, ficar vulnerável para receber intuições negativas:

"A resposta para todas as suas perguntas é uma só: seu pai tem razão. Você não passa de um fraco. Você é um inútil; uma mulherzinha a chorar pelos cantos." – Escutei claramente uma voz a me dizer e conclui de modo errado que a voz era fruto do meu pensamento. Porém, tais palavras eram, na verdade, proferidas pelo Lupicínio, espírito desencarnado, que as enviava a mim, através do seu pensamento desde que eu era uma criança, com o intuito de fazer com que eu me sentisse cada vez pior e acabasse por desistir de viver.

A propósito, eu escutava vozes de espíritos desde pequeno. Um dia, na cozinha da casa da fazenda do meu pai, de modo inocente, eu contei à Bastiana sobre as vozes que às vezes eu sabia que eram de gente boa e outras de pessoas ruins. A questão é que os meus pais ouviram a conversa, sem que eu e a Bastiana percebêssemos e um calvário começou para mim. Apavorados ante um escândalo social, meu pai ordenou minha mãe a me levar a conceituados médicos na Capital do Brasil[2].

2. No século XVI a cidade de Salvador, localizada no atual estado da Bahia, era a capital administrativa do Brasil, que era uma colônia de Portugal.
Em 1763, o ministro português Marquês de Pombal transferiu a sede da colônia da cidade de Salvador para o Rio de Janeiro, que permaneceu com esse status até a Independência do Brasil de Portugal.
Proclamada a independência do Brasil por Dom Pedro I, em 7 de setembro de 1822, o Rio de Janeiro passou a ser a capital do Império do Brasil. E com a proclamação da República em 1889, o Rio de Janeiro passou a ser a capital do Brasil até 1960, momento em que a capital passou a ser a cidade de Brasília. (Nota da Sandra).

De forma unânime os médicos diagnosticaram demência mental e deixaram muito claro para mim, com apenas oito anos de idade, que tudo era fruto dos meus pensamentos e que se eu insistisse em dizer que ouvia vozes de gente que não existia e já tinha morrido eu seria internado em um hospital de malucos. De volta à fazenda apanhei várias vezes do meu pai para que eu aprendesse a nunca mais dizer a quem quer que fosse que eu escutava vozes. Resolvi, então, calar-me para sempre sobre o assunto e, com receio de ficar louco, aceitei as palavras dos médicos no sentido de que as vozes eram realmente fruto dos meus próprios pensamentos[3] [4].

E quanto ao irmão Lupicínio, ele vagava a anos no mundo espiritual. Seu objetivo era vingar-se daqueles a quem acreditava serem os seus desafetos, entre os quais, principalmente, eu e o meu pai. Ele intuía a nós dois com os piores pensamentos possíveis. Até que achou que precisava de técnicas mais sofisticadas para suas vinganças. Intuir maus pensamentos não surtia mais para ele o efeito desejado. Afinal, a meta do Lupicínio era me levar ao suicídio ou fazer com que meu pai me tirasse à vida.

Desse modo, o Lupicínio resolveu aliar-se ao espírito Eugênia que com os seus conhecimentos em magia negra, implantaria no meu cérebro e no do meu pai aparelhos irradiadores de energias de baixíssima vibração. Esses aparelhos, após a colocação, primeiro danificariam nossos cérebros dos nossos corpos espirituais, para depois deteriorarem os nossos cérebros dos corpos físicos. A consequência disso seria nos levar a dores físicas atrozes; ao enlouquecimento e, finalmente, à morte do nosso respectivo corpo físico. Momento esse em que o Lupicínio finalmente nos prenderia no plano espiritual e nos tornaria seus escravos.

---

3. Nem todas as vozes que escutamos em nossas mentes são de espíritos desencarnados. Muitas dessas vozes podem ser frutos dos nossos próprios pensamentos. No meu caso, na vida como Leopoldo, eu possuía forte sensitividade, assim enquanto criança eu conseguia distinguir o que era oriundo do meu próprio pensamento das vozes dos espíritos.
De qualquer forma, sempre que necessário é imprescindível a busca por tratamento médico, psicoterápico e espiritual. Jamais substituir um tratamento pelo outro. Na verdade, os três tratamentos, muito importantes, somam-se e complementam-se entre si. (Nota do Leopoldo).

4. Sobre o assunto "escutar vozes", sugiro o estudo das obras de Allan Kardec, entre as quais principalmente, "O Livro dos Espíritos" e o "Livro dos Médiuns". (Nota da Sandra).

Entretanto, antes de a Eugênia implantar tais aparelhos, ela exigiu como pagamento por esse "trabalho" que o Lupicínio lhe prestasse alguns serviços. Serviços esses de modo a prejudicar irmãos e irmãs que o Lupicínio nem ao menos conhecia. Ao iniciar o "trabalho" sujo, o Lupicínio começou a se sentir incomodado. Não se sentia bem em prejudicar pessoas, as quais ele desconhecia e nem tampouco haviam praticado qualquer mal contra ele.

Desta maneira, aos poucos, o Lupicínio, passou a se cansar da vida de vinganças e à prática de maldades. Pegava-se repensando seus atos. Arrependeu-se das inúmeras crueldades praticadas principalmente contra a mim e ao meu pai e também contra outros irmãos e irmãs. Começou a perceber que ao viver na vingança ele se aprofundava cada vez mais no abismo infernal que criara para si mesmo.

Sentia-se mentalmente preso a um lamaçal de areia movediça, local de onde acreditava jamais conseguir sair. Quando deu por si, decidiu que não queria mais implantar aparelho algum no meu cérebro e no do meu pai. Estava cansado daquele tipo de vida. Um novo sentimento com desejos sinceros de mudanças nascia verdadeiramente dentro do seu coração. Passo a chorar descontroladamente cada vez que se aproximava de mim e do meu pai. Pedia-nos perdão o tempo todo ajoelhado e começou a ter a real noção do mal que nos causara por tantos anos.

Mas a Eugênia lia os pensamentos e os sentimentos do Lupicínio. E ao perceber a sua mudança interior ameaçou-o de implantar o aparelho não só nos cérebros do meu pai e meu, mas, também, no dele. Desse modo, quando o Lupicínio deu por si já tinha se tornado mentalmente escravo da Eugênia. Acreditava que ela tinha total poder sobre ele e que se a desobedecesse, ela colocaria em prática a ameaça de implantar o aparelho nos cérebros meu, do meu pai Jerônimo e dele mesmo, além de prendê-lo e fazer com que o seu corpo queimasse eternamente nas fogueiras do inferno.

Com medo e pavor da Eugênia e dominado por profundos sentimentos de culpa e autopunição, o Lupicínio, por se achar indigno de

Deus e não ser merecedor de sua ajuda acreditou que a sua única opção era continuar a seguir as ordens dela e prosseguir com a vingança contra a mim, ao meu pai e a quem mais a Eugênia ordenasse.

Todavia, o que o Lupicínio não sabia é que as suas palavras destruidoras passaram a não mais afetar a mim, ao meu pai e a ninguém. Isso porque elas estavam totalmente desprovidas de sentimentos negativos. Ele as proferia, mas o seu íntimo clamava para que ninguém o escutasse e fizessem o oposto do que de mal ele dizia. A Eugênia, conhecedora desse fato passou a fazer o "trabalho" de vingança contra o meu pai e a mim, mas fez com que o Lupicínio acreditasse que era ele o único responsável pelo trabalho sujo.

E com intuito de dominar ainda mais a mente do Lupicínio para que ele voltasse a ter desejos de vingança contra a mim e ao meu pai, a Eugênia o desmemoriou quanto a vários fatos de vidas passadas sobre os quais o Lupicínio havia justificado por muito tempo a sua vingança. Isso porque o intuito da Eugênia era que só um fato ficasse latente ininterruptamente na mente do Lupicínio: o amor que ele sentiu por mim Leopoldo um dia num longínquo passado e principalmente o desejo sexual que ele ainda acreditava sentir para comigo.

A Eugênia sabia que a vergonha do Lupicínio em desejar-me sexualmente era o seu ponto mais fraco, o qual, a propósito, ela insuflou mentalmente o máximo que pode no Lupicínio. É que ela acreditava que através desse ponto fraco o Lupicínio se afogaria cada vez mais em seu desespero, na desesperança, na culpa e na autopunição. Isso porque o Lupicínio era convicto em crer que um homem que amasse ou desejasse sexualmente outro homem ou uma mulher que amasse ou desejasse sexualmente outra mulher, cometiam o maior pecado que podia existir na face Terra.

Desse modo, o Lupicínio passou a enfraquecer e perder as suas energias dia a dia. Mas por outro lado e para o imenso ódio da Eugênia, ele se manteve firme em seu propósito de não mais se vingar de quem quer que fosse e principalmente contra ao meu pai Jerônimo e a mim.

Muito embora ele acreditasse que era capaz de fingir para a Eugênia que ainda desejava se vingar.

Revoltada por não conseguir dominar cem por cento a mente e o coração do Lupicínio, a Eugênia viu-se "obrigada" a continuar pessoalmente a vingança contra o meu pai e a mim, sem nos esquecermos de que ela continuava a fazer com que o Lupicínio continuasse a acreditar que ele era o único responsável pelo trabalho imundo.

E da mesma forma que o Lupicínio, eu e o meu pai éramos "presas" fáceis à Eugênia. Isso porque nós vibrávamos na negatividade. Explico: atraímos irmãos e irmãs que se encontram nas mesmas faixas vibracionais que as nossas. Eu vivia em constante estado de medo, pavor e baixíssima autoestima. O meu pai estava imerso em sua soberba, orgulho, egoísmo e agressividade.

Neste estado de negatividade, com pequenos lapsos de positividade, eu captava muito mais os pensamentos da Eugênia do que dos amigos espirituais de luz Lucinda e Belquior que trabalhavam para me intuir no bem proceder[5]. O meu pai proibia qualquer aproximação da Lucinda e do Belquior para receber suas palavras, em estado de vigília, ou aceitar um encontro com os dois para um diálogo durante o sono. E o Lupicínio devido ao seu estado vibracional muito baixo não se permitia detectar as presenças da Lucinda e do Belquior.

Bem... O fato é que ali naquela cozinha e na presença de todos; o meu pai desferiu um violento soco no meu rosto para o desespero do Lupicínio e deleite da Eugênia que a tudo assistia, através de sua mente, do local em que fizera sua morada no plano espiritual.

---

5. Esclareço que os espíritos obreiros de Deus, como a Lucinda e o Belquior, têm a faculdade de se fazerem ser vistos a todo e qualquer espírito que esteja em estado de baixa ou baixíssima vibração, em momentos considerados oportunos pela providência divina, sempre com o único intuito de auxiliar nas Leis de Deus de amor e caridade. (Nota do Leopoldo).

Capítulo II

O governo é do povo, para o povo e pelo povo[6]

– Esse soco é para você que mal saiu dos cueiros a aprender a não me desafiar – gritou o meu pai. E se eu digo que faço chover, faço e pronto. Quem manda aqui, sou eu! Você sabe disso. Portanto, nos momentos em que eu falo, todos devem calar a boca e acatar as minhas decisões, que estão sempre certas.

"E tem mais Leopoldo: se essa gentinha ignorante acredita que eu sou capaz de fazer chover, que vou dar a eles leite e comida, construir hospitais e escolas, que culpa que eu tenho nisso? Esse povinho é que é tolo por achar que eu vou gastar o dinheiro público com essas baboseiras. Ora... Ora... É mais do que justo eu gastar o dinheiro da prefeitura com a minha fazenda e prosperar. É para o bem do povo.

"Eu até vendo a água que corre debaixo das minhas terras para o povinho – continuou meu pai. – E tem mais: é você que vive a custa dessa gentinha. Saiba que o dinheiro

6. "O governo é do povo, para o povo e pelo povo" é uma fala do presidente dos Estados Unidos da América, Abraham Lincoln, pronunciada em seu discurso proferido em 19 de novembro de 1863, numa cerimônia oficial no cemitério militar de Gettysburg, Pensilvânia, durante a Guerra Civil Americana (1861-1865). Nesse cemitério houve uma sangrenta batalha. (Nota da Sandra).

que eu usei para pagar seu curso de medicina e suas despesas, enquanto esteve a estudar, veio do dinheiro público. Eu usei uma parte do dinheiro que a prefeitura recebeu do governo do Estado. Aliás, como você sabe, o presidente do nosso estado[7] é meu compadre e se a prefeitura precisa de dinheiro é só falar com ele que o dinheiro chega rapidinho em troca de alguns favores que eu presto a ele..."

– Pai – eu falei com a voz trêmula de horror com o que acabara de ouvir. Eu sei que o dinheiro utilizado para pagar meu curso de medicina e minhas despesas foi aquele oriundo da herança que eu recebi da minha avó, mãe de minha mãe. Nós combinamos isso.

– Idiota! Eu usei a porcaria da sua herança para negócios bem mais importantes que cursinhos de medicina. Jamais desperdiçaria o dinheiro da herança da sua avó com suas maluquices. Lembra-se que assinou uma procuração outorgando poderes a mim para que eu utilizasse o dinheiro da sua herança? Pois bem, eu fiz exatamente o que você me pediu... E tem mais... O povo que se vire com seus bruxos, curandeiros e benzedeiras. Por aqui ninguém precisa de médicos e muito menos de escolas. São todos ignorantes e que assim permaneçam para o próprio bem deles.

Minha indignação foi tão grande, que encontrei forças para contra argumentar as loucuras do meu pai.

– Senhor meu pai: se usou o dinheiro do povo para pagar a minha faculdade e todas as minhas despesas, fez sem o meu conhecimento e consentimento. Eu jamais aprovaria algo do tipo. Assinei uma procuração ao senhor para que usasse a minha herança com as minhas despesas. Foi isso o que combinamos. O senhor me enganou.

– Cale-se Leopoldo. Não queira fazer-se de santo agora, porque de santo você não tem nada. Bastava você ter me perguntado de onde é que eu tirava o dinheiro para pagar as suas despesas e eu te responderia. Mas

---

7. No período da história do Brasil de 1889 até 1930, conhecido por "República Velha", o cargo correspondente ao atual "Governador de Estado" tinha a denominação de "Presidente de Estado". (Nota da Sandra).

não! Você deixou tudo na minha mão. A procuração que você assinou deu-me poderes para eu usar o dinheiro ao meu modo. Foi o que fiz e para o seu bem. Utilizei sua herança para fazer melhorias nesta fazenda e em outras, também, de minha propriedade.

"Mas de qualquer forma, eu não lhe devo satisfações. Sustentei e te sustento desde que você, infelizmente, nasceu. Portanto, metido a santo e honesto: saiba que você se apropriou indevidamente do dinheiro público. Você é um criminoso, ladrão. E se acha todo bonzinho e ético..."

– Eu acreditei no senhor. Eu só estudei medicina porque achei que o dinheiro para os custos era proveniente da minha herança.

– Achou porque não passa de um burro. Tenho vergonha de você! Por que Deus me deu um filho tão idiota? Você é uma mulherzinha chorosa... Vá chorar no colinho da Bastiana, que não passa de uma empregadinha, cujo lugar é da cozinha para fora de casa.

– Sendo assim, senhor meu pai, peço que faça o favor de me devolver o dinheiro da minha herança, para que eu restitua cada centavo aos cofres públicos.

– Você é ridículo! – E o meu pai passou a rir descontroladamente. – Devolver o dinheiro da sua herança? Ficou louco? Essa herança é minha por direito. Afinal eu encho teu bucho desde que nasceu. Isso não conta? Você deve dinheiro a mim e não ao povo, santinho hipócrita. E se quer fazer-se de falso bom samaritano, você que trabalhe e devolva o dinheiro para o povinho ignorante com juros e correção monetária! Imbecil! Nem arrumar mulher você consegue. Eu sei de várias moças da região que arrastam asas para você. Mas você finge que nada vê. Você é a vergonha da nossa família. Dengosinha...

Olhei para o meu pai e senti uma imensa tristeza. Como um homem tão rico como ele, possuidor de tantas terras espalhadas pelo Brasil, era capaz de roubar dinheiro da prefeitura? Ele não precisava disso. E mesmo que meu pai não tivesse um único centavo no bolso, ainda assim, não poderia em hipótese alguma roubar o dinheiro do povo. Meu Deus! Isso é tão óbvio!

E quanto às moças que ele dizia que arrastavam asas para mim, eu realmente sabia que havia, sim, algumas. Não sei se os sentimentos dessas moças para comigo eram verdadeiros ou interesseiros, devido à fortuna do meu pai. Só sei que eu tinha um lema na vida: jamais brincar com os sentimentos de quem quer que fosse. Se eu percebia algum interesse de alguém por mim e eu nada quisesse com essa pessoa, eu jamais estimulava esses sentimentos e deixava claro os meus.

Mas não adiantava discutir esse assunto com o meu pai. Nem tentaria. Preferi calar-me quanto a isso. Mas, o desespero tomava conta cada vez mais do meu ser. Tinha vontade de esmurrar o meu pai, mas jamais teria coragem de fazê-lo. E mais perguntas vinham a minha mente como que uma enxurrada de água muito suja e malcheirosa: por que meu Deus? Por que meu pai age desse modo? Por que eu tenho esse pai? Eu o odeio. E alternando no meu rosto uma palidez de pavor e uma vermelhidão de raiva, encontrei forças para questioná-lo:

– Senhor meu pai: por que desviar o dinheiro da prefeitura? Olhe o sofrimento e a miséria em que vivem as pessoas daqui. Nada justifica o desvio do dinheiro público. Por que age assim, senhor meu pai?

"O dinheiro do povo – prossegui sem acreditar na minha súbita coragem em enfrentá-lo[8] –, é do povo e não seu. "O governo é do povo, para o povo e pelo povo." O dinheiro público, senhor meu pai, precisa ser usado corretamente em benefício do seu verdadeiro proprietário, qual seja, repito, o povo, que é quem paga os impostos.

"O senhor sabe que quase toda a população desta região é subnutrida e analfabeta. Praticamente não há postos de trabalho por aqui e os que existem, como os da sua fazenda, bem como na dos outros coronéis, podem ser comparados ao tempo da escravidão, já que o salário é uma miséria. E isso quando recebem salários, pois sabemos que o povo por

8. Neste momento devido aos meus verdadeiros sentimentos de amor e caridade para com o povo da região, meu espírito elevou a vibração e consegui expor os meus sentimentos, cuja consequência foi captar as luzes de amor enviadas pelos espíritos amigos Lucinda e Belquior. (Nota do Leopoldo).

não ter alternativa, faz dívidas com os senhores coronéis, as quais jamais conseguirão pagar. Os senhores coronéis cobram preços exorbitantes dos produtos dos seus respectivos armazéns."

Um silêncio pairou no ar. Era possível escutarmos a respiração de cada um que estava dentro daquela cozinha, até que ouvimos novamente os berros do senhor meu pai:

– Não ouse me desafiar e falar essas asneiras, porco imundo. Odeio você Leopoldo. Se eu não tivesse visto você nascer teria certeza de que não é meu filho. Não se atreva, jamais, a discutir comigo novamente e a julgar os meus atos, como político. E saiba que eu só permiti que você estudasse medicina porque vai seguir a carreira política. Estudar medicina foi à única maneira que eu encontrei para, quem sabe, o povo passar a te admirar, já que você não tem nenhuma qualidade para isso.

– Mas eu não precisava estudar medicina para seguir a carreira política senhor meu pai – argumentei com o coração a bater descompassado de pavor. – Nós sabemos que, nesta região, assim como em várias outras do Brasil não há necessidade de o povo admirar quem quer que seja para ser eleito.

"Isso porque – continuei e agora um pouco exaltado – quem manda nas eleições, no delegado, no juiz, no padre e em todas as pessoas que vivem em cidades como a que moramos são os ricos senhores coronéis proprietários de áreas agrícolas muito extensas. Quanto maior a terra, maior o poder do coronel. Os coronéis, cuja maioria tem cargos políticos, são as leis deste país! Fazem o que bem entendem! E por aqui, quem manda é o senhor, que possui a maior fazenda; tem água debaixo das suas terras e vários coronéis dependem dessa água; além de ser amigo íntimo do presidente de Estado e, portanto, consegue facilmente favores dele e ele do senhor..."

Respirei fundo, prossegui e inacreditavelmente meu pai estava quieto a olhar-me espantado e escutar...

– Senhor meu pai – tentei ponderar –, não há necessidade de subir a um palanque e fazer promessas absurdas ao povo. Isso é crueldade.

Sabemos que as eleições são forjadas. Pessoas mortas, analfabetas, mulheres e crianças têm "seus" votos computados nas eleições; pessoas vivas, porém ausentes nos dias de eleições também têm seus votos computados[9, 10]; apurações e atas com os resultados das eleições são adulteradas. Tudo isso se dá conforme o gosto e o desejo dos coronéis, principalmente o senhor...

"Enfim, as eleições por aqui, e, infelizmente, ao que parece, na maior parte do nosso país, são uma verdadeira fraude. Os coronéis políticos elegem quem eles querem. Portanto, eu não precisaria ter estudado medicina para seguir a carreira infame de político no Brasil. Bastaria manipular as eleições. E isso é muito fácil no nosso Brasil..."

– Você é burro mesmo, Leopoldo. Acha que estudou medicina para ganhar uma eleiçãozinha? Você será presidente deste país e ser médico é somente um status, além de ser meu filho, claro. Você sabe que eu tenho muita influência com os políticos da capital do Brasil.

"Entendeu agora porque eu permiti que você estudasse imbecil? – Meu pai me perguntou e sem esperar resposta continuou a berrar: – e não se atreva a agir contrariamente aos meus mandos, senão eu te

---

9. A primeira Constituição republicana do Brasil, qual seja, a "Constituição da República dos Estados Unidos do Brasil", de 1891, em seu artigo 70, institui o voto aberto, direto e restrito a homens alfabetizados maiores de 21 anos. Até então, as eleições eram abertas e indiretas, e somente tinha direito ao voto quem possuísse renda superior a determinado patamar. Fonte: <http://www.brasil.gov.br/linhadotempo/epocas/1891/voto-aberto-e-direto> Acesso em 05.06.2013. (Nota da Sandra).

10. Artigo 70 da "Constituição da República dos Estados Unidos do Brasil", de 1891:
Art. 70. São eleitores os cidadãos maiores de 21 anos que se alistarem na forma da lei.
§ 1º – Não podem alistar-se eleitores para as eleições federais ou para as dos Estados:
1º) os mendigos;
2º) os analfabetos;
3º) as praças de pré*, excetuados os alunos das escolas militares de ensino superior;
4º) os religiosos de ordens monásticas, companhias, congregações ou comunidades de qualquer denominação, sujeitas a voto de obediência, regra ou estatuto que importe a renúncia da liberdade Individual.
§ 2º – São inelegíveis os cidadãos não alistáveis. (Nota da Sandra).
* "A praça de pré, segundo Pontes de Miranda (...), 'é a pessoa que está na praça, presta, pronta (praesta) para servir, mediante pagamento de peça sólida, de moeda, razão porque quem o recebe é o soldado'."
Fonte: <http://www.egov.ufsc.br/portal/sites/default/files/anexos/16140-16141-1-PB.pdf> Acesso em 21.04.2014.

deserdo. Como você mesmo disse, eu sou a lei por aqui. E agora mudemos de assunto."

Olhei aborrecido para o meu pai, sentia-me completamente incapaz de continuar a falar, sendo assim, aguardei por suas próximas palavras com um grande suspiro:

– Ordeno que esteja muito bem-apessoado hoje no horário do jantar. Isso porque o meu compadre, coronel Aguiar, vem com a família. Nós decidimos que você vai se casar com a filha mais velha dele. Você não se lembra dela, pois seus pais a abandonaram na Europa quando ela tinha cerca de cinco anos de idade. Está de volta ao Brasil faz pouco tempo.

– Eu não gosto do fato de que a moça morou na Europa por muito tempo – continuou meu pai e agora com um tom mais baixo de voz. – Isso é perigoso. Há europeias com ideias modernas e absurdas de que não devem obedecer cegamente aos seus maridos. De qualquer forma, o compadre Aguiar me garantiu que ela se porta como as moças da nossa região. É prendada e irá te servir muito bem. Será uma excelente esposa, dona de casa, cuidará dos filhos que vocês terão e não se importará com suas escapadelas com as outras mulheres. A filha do Aguiar entende as necessidades de todo homem cabra-macho. E eu preciso de herdeiros varões, ou seja, preciso de netos machos!

Boquiaberto com a notícia de que eu ficaria noivo, consegui falar:

– Eu não entendo senhor meu pai. A família Aguiar e a nossa sempre foram inimigas. E isso desde a época do meu bisavô. Por qual motivo fizeram uma trégua nesta guerra e querem casar os seus filhos?

– Não lhe devo explicações. Eu mando em você. Portanto, se digo que vai se casar, você vai e pronto.

Olhei desolado para aquele homem a quem eu devia obrigação de obedecer cegamente e chamar de "senhor meu pai". Não disse mais nada. Eu estava farto das suas atitudes. Olhei para ele e depois para a minha mãe que, como sempre, limitou-se a ficar calada e assentir com a cabeça ao meu pai para mostrar-lhe que concordava com ele.

– Com licença – falei –, vou tentar tomar um banho.

– Vai e vê se coloca de uma vez por todas a cabeça no lugar. – Falou meu pai e deu uma horrível gargalhada, instigado pela Eugênia e o Lupicínio a acreditar desesperado que era ele que fazia isso.

Olhei tristemente para o meu pai, assenti com a cabeça e no momento em que me virava de costas para sair da cozinha, escutei meu nome ser dito num tom alto, muito alto e desesperado. Era o Raimundo, trabalhador da fazenda do coronel Aguiar.

Capítulo III

Um filho "santo" por conveniência

– Dotô Leopoldo, por Deus e Nosso Senhô Jesus Cristo. Fiquei sabendo qui o sinhozinho chegô da cidade grande e já é dotô. Minha muié tá cum as dor de parto. Isso já faiz mais de oito hora e a criança num nasce. Por Deus vem cumigo até meu casebre pra vê se o sinhô sarva minha muié cum a criança. Eu imploro, pelo amô de Deus e Nosso Senhô Jesus Cristo.

Meu pai fuzilou o Raimundo com o olhar e de modo totalmente grosseiro disse:

– Raimundo, quem você pensa que é para entrar nas minhas terras, dentro da cozinha da minha casa e chamar meu filho como se fosse um jagunço seu? Não quero empregados do Aguiar nas minhas terras. Meu filho tem mais o que fazer. Chame a parteira Maria que ela dá um jeito nisso com as bruxarias dela.

– Perdão coroné. É que eu tô desesperado. A parteira Maria num tá conseguindo dá jeito não.

Ante o olhar de súplica do Raimundo, descalço e a contorcer em suas mãos seu chapéu totalmente desgastado, respirei fundo, pedi ajuda a Deus, recebi luzes de coragem da Lucinda e do Belquior e disse:

– Raimundo, por favor, me aguarde um instante que vou pegar minha maleta de médico. Vou acompanhá-lo agora mesmo – falei e espantei-me com a minha atitude de coragem para enfrentar o meu pai. Na verdade, pensei, eu devo isso ao povo. Tenho a obrigação de devolver cada centavo do dinheiro público roubado para as despesas do meu curso de medicina. E vou começar a devolução com o meu trabalho, que é a única maneira da qual disponho no momento, já que não tenho um único centavo no bolso.

Fui ao meu quarto, peguei a minha maleta e ao retornar meu pai gritou:

– Se sair de casa não tem mais permissão para retornar.

Nada respondi, mesmo porque, seria inútil argumentar o que quer que fosse com o meu pai. Resolvi seguir o Raimundo, para ódio da Eugênia que blasfemava contra o Lupicínio e o acusava de fraco e incompetente por não ter conseguido me segurar em casa e obedecer ao meu pai.

Na verdade, eu nem olhei para trás, mas, ainda assim, eu pude ouvir os gritos do meu pai a me dizer palavras de baixo calão e a me amaldiçoar. Chegamos à tapera do Raimundo. Um lugar triste de se ver quanto mais para se viver. Sem água encanada. Sem rede de esgoto. E no chão sobre a seca terra batida vi uma mulher se contorcer em dores, já praticamente sem forças e com intensa hemorragia.

– Ela não tem dilatação suficiente para o bebê nascer. Eu já a examinei. Precisamos fazer uma incisão no canal da passagem do bebê – falou uma bela moça morena com lindos olhos negros. Meu coração disparou de emoção ao olhar a moça. Tive a forte sensação de que a conhecia desde muito tempo atrás, mas não me lembrava de onde. Senti-me confuso com tais sentimentos, até então, desconhecidos por mim. No entanto, eu não tinha um minuto sequer a perder e fui examinar a senhora do Raimundo.

Realmente, a bela moça tinha razão, precisávamos fazer a incisão. Mas naquele lugar sem qualquer tipo de higiene? As condições eram absurdamente precárias.

– Tenho alguns instrumentos cirúrgicos e lençóis limpos aqui comigo – falou a moça. – Trouxe galões de água que a parteira e benzedeira Maria já colocou para ferver. Infelizmente eu não tenho medicação contra a dor. Por isso vamos fazer com que a parturiente tome o chá de ervas preparado pela Maria, que trará algum alívio. Precisamos agir rapidamente. É o único jeito de salvá-la e ao bebê.

Não parei para pensar e resolvi agir com a moça. Estendemos os lençóis limpos e colocamos a parturiente sobre eles. Verifiquei os instrumentos cirúrgicos da moça, os desinfetamos com a água fervente e iniciamos o procedimento. Inacreditável, mas tudo correu do modo perfeito para, finalmente, virmos chegar ao mundo um menino. Mas, a criança, raquítica, devido à subnutrição da sua mãe, não reagiu de imediato, ficou inerte e demorou alguns minutos para chorar, minutos esses que nos pareceram eternos.

A Mariana fez os procedimentos para que o recém-nascido sobrevivesse enquanto eu cuidava da parturiente... Até que, finalmente e para o alívio de todos, ouvimos o choro do menino. A parteira e benzedeira Maria, em agradecimento a Deus, a Jesus, ao nosso trabalho bem-sucedido e a nova vida que acabava de chegar, pediu que déssemos as mãos e rezássemos a oração do Pai Nosso. E com exceção da Maria, ninguém mais se deu conta do que ocorreu no plano espiritual da tapera no momento do parto e da oração.

Espíritos iluminados, obreiros de Deus, entre eles a Lucinda e o Belquior irradiaram luzes diretamente nas mãos da Mariana e nas minhas para fortalecerem nossa fé e coragem no procedimento que fizemos. Fachos de luz foram direcionados ao corpo físico e espiritual da parturiente, principalmente na região de sua barriga para auxiliar que a hemorragia fosse estancada.

E o ambiente, após o nascimento do bebê, foi inundado com uma luz azul celeste, o que trouxe uma leve e suave sensação de paz. A Eugênia, não conseguiu agir através do Lupicínio, isso porque a Lucinda e o Belquior fizeram uma rede energética de luz de proteção.

– Muito obrigada seu dotô e dona dotôra. Num sei nem cumu agradecê. Deus e Nosso Senhô Jesus Cristo guiô as mão de ocêis – falou o Raimundo.

– Graças a Deus a hemorragia da sua mulher foi controlada como que por um milagre. Até agora eu não entendo como isso se deu. Realmente... Um milagre ocorreu aqui. Aliás, dois: a hemorragia estancou e o bebê sobreviveu – disse a Mariana.

E a benzedeira Maria limitou-se a sorrir e saiu em busca de ervas para preparar unguentos e chás para a Gloria. Olhei a Maria com carinho. Lembro-me de a Maria ter cuidado de mim quando pequeno. Eu estava com muita febre e que não passava a dias sem uma causa aparente. A Bastiana escondida dos meus pais, fez com que eu bebesse várias vezes o chá preparado pela Maria. Em três dias eu já estava bom e a Maria disse que o chá nada mais era do que um calmante, pois o meu problema, segundo ela, não era uma doença física, mas sim o pavor que eu sentia do meu pai. Em cerca de três dias a febre foi embora e eu estava curado.

Depois disso sempre que eu podia ia escondido até a tapera da Maria. Ela conversava comigo sempre de modo muito amável, falava que eu era forte, um bom menino, falava de Deus, da vida de Jesus e me ensinava a reconhecer as ervas e seus poderes curativos. Eram momentos maravilhosos. E como não havia médicos e muito menos um hospital naquela região, toda vez que alguém ficava doente chamavam a dona Maria que a todos atendia prontamente.

Suspirei e pensei quão pobre era aquela região e que eu tinha o dever de fazer algo para melhorar a vida das pessoas. Olhei inconsolável para a tapera do Raimundo... Como resolver a pobreza, a seca, a falta de alimentação, moradia e educação de todo esse povo? Sentia-me incapaz... E pensativo e cansado, já quase no amanhecer de um novo dia, eu saí da tapera, avisei que daria uma volta para espairecer.

Deitei-me sobre o chão de terra batida, embaixo de uma árvore seca e adormeci. Acordei de um salto e assustado com a gritaria do meu pai nos meus ouvidos, logo nas primeiras horas da manhã. Ele se aproximou de mim e disse de modo que um grupo de cerca trinta pessoas que o acompanhava o escutasse:

– Filho amado! Você é um santo nascido nesta Terra de meu Deus e Nosso Senhor Jesus Cristo! Você salvou a dona Glória e o abençoado menino. Sua fama já corre igual à pólvora por todas estas bandas. Levante-se e ouça esse povo de Deus dizer que o ama!

E antes que eu esboçasse qualquer reação, sob os aplausos do povo, meu pai continuou:

– Eu sou um homem abençoado por Deus. Olhem o filho santo que eu tenho! Por isso mereço ser eleito novamente como prefeito. E mais uma vez, meu amado povo, eu prometo que não vai faltar chuva, comida, trabalho e até sapatos e roupas para os senhores e suas senhoras e crianças.

"Eu não tinha prometido que traria um médico? Pois ele está aqui bem na frente de vocês. É o meu amado e santo filho! Como vocês podem ver, eu sempre cumpro com todas as promessas que faço ao povo de meu Deus e Nosso Senhor Jesus Cristo.

"E na próxima eleição vocês votarão no meu filho, um santo que Deus nos enviou. Um dia ele será presidente deste país. Agora, meu povo, eu peço que os senhores se ajoelhem perante o novo santo desta terra..."

Sem acreditar no que meu pai dizia, quando dei por mim, horrorizado, as pessoas ajoelharam-se sob os meus pés.

Eu estava tão pasmo que fiquei paralisado por alguns instantes até que meu pai ordenou que o povo se retirasse, pois o "santo" não poderia falar com eles naquele momento. Tinha outros milagres para realizar.

Aguardamos alguns instantes e, assim que o povo se afastou, meu pai colocou suas mãos sobre os meus ombros e disse radiante:

– Você está vendo, meu filho, como o povo me ama? É assim que se faz política. De hoje em diante você vai andar o dia todo comigo para eu te preparar para ser um excelente político do Brasil. Você nem imagina quanta vantagem teremos... Minha fortuna vai aumentar ainda mais...

– Pai – eu tomei coragem e disse – política para mim é algo completamente diferente do que é para o senhor. O político não mente para o povo. Trabalha para o povo. Tem amor ao povo e usa o dinheiro público com respeito e tão somente para o povo, que é quem, aliás, como já falei ao senhor, o seu verdadeiro e único proprietário. Além do mais eu não tenho o mínimo interesse em política. Eu sou médico. Jamais serei político.

– Ah! Como você pode ter crescido tão ingênuo? Onde foi que eu errei? Deixa eu te explicar mais uma vez uma coisinha para ver se desta vez você entende: o povo, meu filho não passa de uma gentinha ignorante. Agente faz o que quiser dele. O povo é burro e submisso. Não sabe de nada. O povo vota em quem agente mandar porque ele, o povo, não sabe escolher os seus políticos e nós sabemos o que é melhor para ele, o povo. Basta subir num palanque, falar um bando de besteiras, fazer promessas tresloucadas, que jamais serão cumpridas, que o povo acredita na gente.

"É fácil. Ninguém questiona nada e eu sei que a maioria nem quer saber de eleições. Mas como o povo tem o maior respeito para com a minha pessoa, ele me obedece. Vota no político que eu quero e ainda fica feliz nesse dia, pois tem a oportunidade de escutar de graça músicas da banda que eu contrato e, ainda, recebem a graciosa e generosa doação de lanchinhos. Enfim, cada povo tem o governo que merece.

"Olha só... – prosseguiu o meu pai. – É simples. Basta trazer um circo de vez em quando por aqui, distribuir um pouco de pão e leite, que o povo fica feliz e, ainda, nos agradecem. Ah! E é sempre bom dar uma cachacinha. Os homens ficam bêbados e não reclamam jamais de nada. Circo, pão e bebida alcoólica ao povo! Esse é o lema meu filho!" E o meu pai ria descontroladamente com o que dizia...

– O povo, meu pai, precisa de educação com escolas de boa qualidade. E mesmo sendo analfabetos, eu te digo que o povo não é burro não. É que o povo daqui ainda não exige seus direitos, porque não tem forças nem para ficar de pé devido à falta de água e comida.

"Pai, por favor, repense seus atos. Ainda é tempo. Vamos construir escolas. Vamos levar a água que sai debaixo das suas terras para o povo plantar suas próprias hortas. Vamos trazer dignidade para essa gente. É sua obrigação. Você tem como fazer isso. Deus te emprestou o dinheiro que herdou do meu avô para usá-lo para o bem!"

– Enlouqueceu? Deixe de falar asneiras. O povo deve permanecer na completa ignorância. E quer saber... O povo é que é indolente e não quer trabalhar. Ah! Ah! Ah! Acreditaram até que você é santo... O que eu posso fazer? – E meu pai riu diabolicamente para deleite da Eugênia que a tudo acompanhava através da sua mente.

"Ai meu Deus – continuou meu pai ao me olhar demoradamente – com certeza, eu vou ter muito trabalho com você. Eu ia deserdá-lo. Mas, pensei melhor, e acho vale a pena continuar investindo em você, santo de meia pataca! Há! Há! Há! Ah! E só para te lembrar mais uma vez, eu pergunto: quem foi que te sustentou a vida toda e permitiu que você estudasse?

– Foi o senhor. Sou-lhe muito grato, mas...

E mais uma vez meu pai me interrompeu:

– Sendo assim, você me deve satisfação em tudo o que faz. E não tem nem mais nem menos. Cale a boca e se apronte para o jantar, pois finalmente hoje você vai conhecer a sua noiva, já que o jantar foi adiado de ontem para hoje por culpa sua em querer se fazer de bom samaritano e salvar a ignorante da mulher do Raimundo. Agora vamos embora desse lugar malcheiroso. Esta tapera, do Raimundo, e o cheiro do povo me dão náuseas. Vê se toma um banho com muito sabão quando chegarmos à fazenda.

Realmente... Dava desânimo discutir com o meu pai. Lembro-me que deste muito pequeno eu já percebia as mentiras que ele falava ao povo com intuito de dominá-lo. Com dez anos de idade eu perguntei ao meu pai porque ele mentia ao povo ao dizer que era capaz de fazer chover. Levei uma surra com chicote e fiquei de castigo por três dias em meu quarto a pão e água, sem qualquer tipo de explicação ou resposta quanto a minha indagação. Minha mãe Aurélia, como sempre, limitou-se a acatar as ordens do meu pai e dizer-me para eu jamais discutir ou fazer perguntas ao meu pai, pois ele sabia o que fazia. Mas eu não fique a pão e água. Minha amada mãezinha Bastiana me levou comida todos os dias às escondidas.

Bem... Olhei ao meu pai e resolvi não dizer mais nada a não ser que eu voltaria com ele para casa naquele momento. Antes, porém, entrei na tapera e a moça que me ajudara no procedimento havia ido embora há muito tempo. Nem sinal dela. A Glória e o bebê dormiam. Avisei o Raimundo que eu voltaria mais tarde para acompanhar a recuperação dos dois e me despedi. Montei meu cavalo, inconformado por ainda sentir tanto medo do meu pai, e ele montou o dele. Fomos embora em silêncio, graças a Deus.

Ao chegar, em casa e desmontar o meu cavalo mais uma surpresa me aguardava. Havia muita gente da região na frente da cozinha. Gritavam "santo dotô Leopoldo" e se ajoelharam a minha frente. Chocado com a situação, eu disse ao povo sem me atrever a olhar ao meu pai:

– Pelo amor de Deus. Levantem-se. Meus amigos e minhas amigas: eu não sou santo, coisa nenhuma! Eu sou um homem feito vocês. De carne e osso. Não há diferença entre nós. Eu não fiz nada demais. Se vocês tivessem a oportunidade de estudar medicina como eu, teriam feito o mesmo. Agradeçam a Deus, pois Ele, sim, salvou a Glória e a criança.

– Só um santo para ser tão humilde – falou meu pai com muita veemência. Vamos aclamar o doutor Leopoldo! Ele é um santo homem nesta terra de meu Deus e Nosso Senhor Jesus Cristo.

– É isso mesmo, coroné. O sinhô tem razão – falou um dos trabalhadores da fazenda. O dotô Leopoldo é um santo. Nóis têmo a graça de Deus e de Nosso Senhô Jesus Cristo de tê ele aqui cum nóis. Ele vai nos sarvá dessa vida pobre, onde num tem água e nem comida.

Sem saber o que fazer e totalmente sem jeito, agradeci a manifestação das pessoas e entrei em casa. Finalmente tomei um maravilhoso banho, a Bastiana me levou um lanche no quarto e, exausto, dormi profundamente. Até que no fim da tarde escutei fortes batidas na porta do meu quarto. Era a minha mãe que pedia para eu me arrumar com esmero, pois dentro de uma hora a família Aguiar, com a minha noiva, chegariam para marcarmos a data do casamento.

Era só o que me faltava. Quem disse que eu iria aceitar um casamento arranjado? Eu nem sabia quem era a tal noiva. De todo modo, com intuito de evitar mais brigas eu resolvi me arrumar e fui até a sala no momento em que a família Aguiar entrava porta adentro. E qual não foi meu susto ao deparar-me com a bela moça que com muita destreza, realizou comigo o parto da Glória!

Capítulo IV

Aprender a olhar o medo com coragem

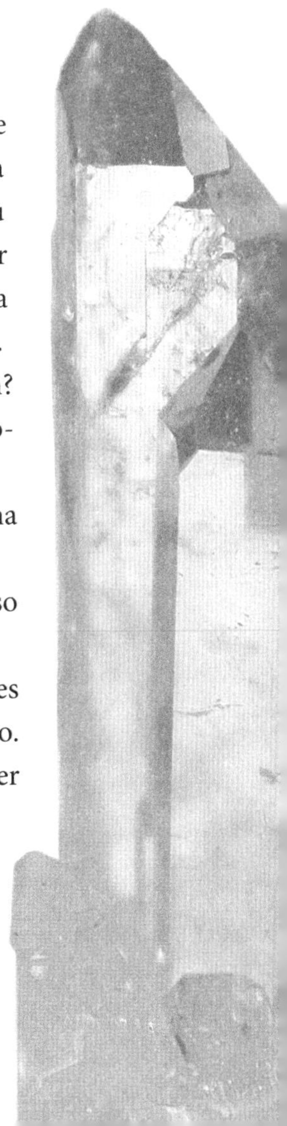

Os dois coronéis se cumprimentaram cordialmente para espanto geral. Todos estranhavam aquela repentina amizade. Porém, com medo dos dois, ninguém se atreveu a articular palavra alguma. E o meu pai e o coronel Aguiar fizeram com que eu e a Mariana ficássemos no centro da sala e nos apresentaram formalmente. Olhamo-nos assustados.

– Mariana minha filha, você dois já se conhecem? Olham-se como se já tivessem estado juntos – falou o coronel Aguiar.

– Imagine papai. Nunca vi o doutor Leopoldo na minha vida.

– Sim – concordei –, pois percebi que ela me pedia isso através de seus olhos.

– É... Realmente... Não teria como se encontrarem antes deste jantar – comentou o Coronel Aguiar meio desconfiado.

– Ora, papai – insistiu a Mariana – onde eu poderia ter visto o doutor Leopoldo? O senhor mal me permite sair de casa.

– Mariana... Mariana... Você dá lá suas escapadas a cavalo, que eu bem sei. Mas isso não vem ao caso agora.

O fato é simples: eu e meu compadre, coronel Jerônimo, comunicamos a todos que a partir deste momento considerem-se noivos. E o casamento será realizado dentro de dois meses – continuou o coronel Aguiar.

– Viva – todos gritaram – com exceção da Mariana e de mim que ficamos calados ante o absurdo da situação!

– E ordeno que nos deem muitos netos – falou meu pai no mesmo tempo que me fulminava com seu olhar de ódio por eu não me manifestar ou ao menos mostrar o mínimo de alegria com o noivado.

E ao contrário da minha falta de coragem para esboçar algum comentário, foi a Mariana quem tomou a iniciativa:

– Sem querer ofender a nenhum dos senhores coronéis, eu pergunto: não acham um tanto estranho resolverem a minha vida e a do senhor Leopoldo sem nem ao menos nos perguntarem se queremos nos casar?

O coronel Aguiar, pasmo ante o comentário de sua filha, ficou com o rosto vermelho de ódio. Fez-se um absoluto silêncio. Até que ouvimos meu pai dizer:

– Compadre Aguiar, sua filha ofende a mim e a minha família ao falar desse modo. Quem ela pensa que é para discutir o que nós já definimos? Pelo que vejo sua filha não lhe tem respeito algum.

– Compadre Jerônimo, eu peço perdão pela desmiolada da minha filha. É que ela acabou de chegar da Europa e pelo que observo, veio com a cabeça cheia de ideias absurdas. Ela esqueceu que deve obediência a mim.

"Mas fique tranquilo – continuou o coronel Aguiar – que eu coloco as ideias dela rapidinho no lugar. E não se preocupe, eu dei a minha palavra de que os dois se casariam. Portanto, assim o será. E nós sabemos que com esse casamento uniremos nossas forças nesta região".

– E... Falando em unir forças – falou o coronel Jerônimo –, como o amigo pode ver, eu já estou com certa idade, sendo assim, após as próximas eleições passarei o bastão da política para o meu filho Leopoldo. E é só o início, pois o meu objetivo é torná-lo presidente do Brasil.

– O que diz compadre Jerônimo? Eu não concordo com isso – exaltou-se o coronel Aguiar. – É o meu filho Rodolfo que será o próximo candidato. De onde tirou que o Leopoldo vai seguir carreira política? Esse seu filho mais parece uma mulherzinha medrosa. É só olhar para ele e ver que se borra todo de medo do amigo. Pensei que esse medo fosse passar quando o Leopoldo chegasse à fase adulta, mas vejo que não passou. Ele continua a se parecer como uma criancinha assustada que sempre foi.

– Não admito que chame meu filho de mulherzinha! O Leopoldo vai seguir a carreira política, sim, porque eu decidi e assim o será. Seu filho Rodolfo que é mulherzinha e não tem jeito para isso – e a voz do meu pai alterou-se. Depois o amigo sabe que este casamento só vai acontecer porque precisamos unir nossas forças contra os outros coronéis desta região.

– Não admito que chame o meu filho Rodolfo de mulherzinha – gritou o coronel Aguiar.

E os dois coronéis olharam-se de modo desafiador. Meu pai, então, falou em tom mais alto que o do coronel Aguiar:

– Claro! Agora eu entendo. Você quer roubar as minhas terras. Depois do casamento dos nossos filhos, você ordenará que os seus capangas matem a minha família e, então, a sua querida "filhinha" herdará as minhas terras. Você sempre cobiçou tudo o que é meu... Aguiar, a sua lavoura e o seu gado dependem da minha água para sobreviver. Se eu quiser, corto o fornecimento de água da minha fazenda para você.

– Cale a sua boca desgraçado. O que diz não é verdade. Minhas terras têm água. Eu tenho certeza disso. Os engenheiros é que não têm tempo de encontrá-la, pois logo que aqui chegam aparecem "misteriosamente" mortos. E sabedores desses assassinatos os engenheiros da Capital do Brasil se recusam a trabalhar nesta região. É você Jerônimo que manda os seus jagunços matarem os profissionais – gritou o coronel Aguiar roxo de raiva. – E tem mais um detalhe muito importante que você sempre se esquece: as terras pelas quais você se intitula proprietário são na verdade minhas. Todos nós sabemos que foi o seu avô quem as roubou do meu avô.

– As terras sempre foram da minha família – gritou meu pai vermelho de raiva. A sua família foi quem roubou a minha. – E quer saber continue a perfurar poços. Você jamais vai encontrar água. Você dependerá sempre de mim, da mesma forma que todos os que vivem nesta região.

E tudo foi muito rápido. Quando demos por nós, vimos os dois homens rolarem no chão a socos e pontapés. A partir daí o ambiente se tornou uma loucura total para a "alegria" do espírito Eugênia, que continuava a ordenar ao Lupicínio que incentivasse os dois, através do pensamento, para que a briga acabasse em morte.

A cena era pavorosa de ser vista no plano físico[11]. No plano espiritual era ainda pior. Havia inúmeros irmãos e irmãs envoltos em névoa negra, a rirem diabolicamente dos coronéis e incentivarem para que a briga se tornasse o mais violenta possível até a morte. Queriam se vingar, pois muitos deles haviam sido assassinados a mando dos coronéis. Entre esses irmãos e irmãs se via, também, além do Lupicínio, apavorado e triste com a briga, outros escravos da Eugênia.

Eu e o Rodolfo tentávamos separá-los. Ao ouvirem a gritaria dentro da casa, alguns jagunços que trabalhavam para ambos os coronéis entraram e nos ajudaram a separá-los. Embora imobilizados e cada qual em um lado da sala, prosseguiram com a discussão:

– Jerônimo, eu vou tomar as minhas terras de volta. Sua família roubou do meu avô. Isso não vai ficar assim. E quanto ao nosso trato de casar nossos filhos está desfeito. Nossa guerra continua. Mais sangue vai rolar na sua família. Acabarei com você e terei pedaço por pedaço das minhas terras de volta.

– Sim – gritou o coronel Jerônimo – a guerra vai continuar. Aliás, ela jamais acabou. E eu também vou querer as minhas terras de volta que a família Aguiar roubou da minha.

– Que disparate é esse Jerônimo! A família que rouba terras por aqui é todinha sua! E tem mais: você está proibido de passar com seu

---

11. Neste livro, todas as vezes que eu menciono "dimensão física" ou "plano físico" ou "terra física" ou "plano terreno" eu estou a me referir ao plano tridimensional em que vivi com o corpo físico de Leopoldo. Quanto ao plano espiritual da Terra Física eu informo que ele se apresenta em incontáveis dimensões e descrevo neste livro somente e obviamente as dimensões espirituais sobre as quais tenho vivência, conhecimentos e lembranças. (Nota do Leopoldo).

gado nas minhas terras. Você sabe que se não passar por lá, precisará dar uma volta enorme e o seu gado morrerá, já que nesse percurso muito maior, não há água e capim disponível para o gado. Você perderá tudo e eu muito me felicitarei com isso! Como pode perceber imbecil, você também precisa de mim!

– Eu preciso de você morto, desgraçado – disse raivosamente o coronel Jerônimo. Eu devia estar louco ao querer casar a vagabunda da sua filha com o meu filho.

E o coronel Aguiar, já com os braços soltos pelos jagunços, sacou seu revólver e o apontou ao meu pai que fez o mesmo contra o Aguiar. Silêncio total. Até que a Mariana, passados alguns segundos, se colocou à frente do corpo do seu pai e pediu que não fosse derramado mais sangue entre as duas famílias como acontecia há várias gerações.

– Pelo amor de Deus, eu peço: abaixem as armas – falou a Mariana de modo veemente e com coragem. O silencia era completo e no mundo espiritual era possível ver um manto de luz na cor azul formar-se ao redor da Mariana. Essa luz era irradiada pelas pontas dos dedos da Lucinda e do Belquior.

E do coração da Mariana raios de luz na cor rosa inundaram todo o ambiente. A irradiação da luz rosa era a consequência da firmeza de pensamento no bem proceder da Mariana. E os irmãos e irmãs sofredores que insuflavam a briga encolheram-se apavorados em um canto e ali permaneceram, sem conseguir sequer abrir os olhos devido à iluminação que inundou todo o ambiente.

Sentimos que uma trégua ocorreu naquele momento e meu pai, com um tom de voz mais calmo ordenou que o Aguiar e sua família se retirassem da nossa casa e jamais coloquem os seus pés ali novamente. E por incrível que pareça, como um milagre, o coronel Aguiar retirou-se com seus jagunços e a sua família. Uma quietude absoluta reinou na sala, que só foi quebrada pela fala do meu pai:

– E você Leopoldo, prepare-se, pois vai fazer tudo direitinho como eu mandar. E passou a arma sobre o meu rosto. Arrepiei-me de pavor dos pés até a cabeça, pois acreditava que se não agisse como meu pai queria eu poderia ser morto por ele.

E antes que meu pai tivesse tempo para fazer mais ameaças, ouvimos um alvoroço de vozes do lado de fora da casa, na parte detrás da cozinha. A Bastiana entrou esbaforida na sala e pediu que eu fosse com ela para ajudar as inúmeras mães com suas crianças de colo e homens e mulheres de todas as idades, doentes, que solicitavam a ajuda do "santo dotô Leopoldo".

– Que maravilha! O povo já está atrás de você "santinho" – ironizou meu pai. – Corre até lá, finja-se de santo e diga a todos que Deus te enviou a Terra para a salvação do mundo.

Olhei desolado para o meu pai. Pedi à Bastiana avisar as pessoas que aguardassem um momento, pois ia ao meu quarto pegar a maleta de médico. Abaixei a cabeça sem forças e andei cabisbaixo até o meu quarto. Ao entrar, sentei por alguns instantes em uma poltrona em frente à janela para conseguir respirar. Olhei o céu, maravilhoso, coalhado de estrelas, que pareciam lindos cristais a brilhar intensamente. Fechei os olhos. Orei. Suspirei profundamente e perguntei a mim mesmo: será que eu sou um inútil e miserável como diz meu pai? Será que ele tem razão no que diz? Sinto-me de mãos atadas para comigo e com o povo desta região. Eu não sei o que fazer. Que atitudes eu posso tomar para trazer um pouco de dignidade a mim e a essa gente? Talvez eu não passe mesmo de uma mulherzinha medrosa a chorar pelos cantos. Talvez meu pai esteja com a razão de me chamar de burro desde que eu era apenas uma criança.

Por que sinto medo de tudo? Porque sinto medo da vida? Por que me apavoro diante do meu pai? Por que eu sou um fraco? Por que acho que não sou capaz de nada? Sinto um vazio enorme no meu peito. Como preencher esse vazio? Às vezes acredito que não passo de um lixo imprestável. Deus – clamei ajoelhado – me ajude, por favor.

– Filho amado – eu escutei uma voz a me dizer, que era a da Lucinda e embora eu não tivesse consciência disso, deixei que a voz fluísse livremente pela minha mente e coração.

"Todos nós somos o que pensamos e acreditamos ser. Quando você diz para sai mesmo que você é fraco; que é um lixo; que é incompetente para realizar os seus sonhos; que tem medo do seu pai e da vida e aceita essas afirmações como verdades, elas (afirmações) acabam por se tornar as suas verdades de vida. Sendo assim, o que acha de transformar essas afirmações negativas em afirmações positivas e iluminadas.

"No momento em que você passa a acreditar em si mesmo e no seu potencial como filho de Deus, você transforma os seus sentimentos, emoções, pensamentos, crenças e atitudes. Essa transformação progressiva levará você a proferir palavras iluminadas e a partir delas você agirá de maneira positiva. Sendo assim, você muda a sua vida que é somente sua!

"E que tal começar essa transformação através de uma análise sobre o sentimento do medo[12]?

"Por favor, feche seus olhos. Respire e Expire calmamente. Relaxe os ombros. Pense no medo que sente, sem subterfúgios, sem máscaras. Imagine que ele, o medo, sai de dentro do seu ser, do seu coração e se coloca a sua frente. Ele é bem maior do que você. É um monstro pavoroso, gigantesco, horrível, repleto de espinhos e chifres. Ele te apavora e o persegue constantemente, acordado ou enquanto dorme. Ele faz com que você se sinta muito inseguro.

"Agora você cresce e fica com a altura do monstro. Olhe detidamente dentro dos olhos desse medo/monstro. Você tem a coragem de encará-lo frente a frente. Mantenha o seu olhar sobre os olhos do monstro por alguns instantes...

"Neste momento, converse com o medo/monstro com firmeza e amor. Fale para ele tudo o que você quiser. E depois disso, permita que ele também fale com você. Ouça o que ele tem a lhe dizer. Dialogue com ele com bastante calma...

---

12. O medo a que se refere à Lucinda é um medo fruto de estados de preocupação, ansiedade e tensão muito elevados. Não se trata de um medo natural ante um perigo iminente e real. Ao contrário, trata-se de um medo sem uma ameaça concreta, que desencadeia um estado de pânico com base em uma hipótese ou hipóteses que podem nem vir a acontecer. (Nota da Sandra).

"Perceba que ele já não te parece tão assustador... Veja que, neste momento, é ele, o monstro/medo, quem desvia os olhos de você, pois você sabe que é mais forte do que ele e que é você tem o poder sobre ele, que o domina, e não o contrário.

"Neste momento, o medo/monstro já não te causa calafrios. Você percebe que consegue colocar suas mãos no alto da cabeça do monstro/medo e o esmaga até o chão. Se quiser pule em cima dele. A partir daí o medo/monstro escuro e pavoroso se desintegra em luz... Pronto. Agora, você Leopoldo se sente livre, porque você é livre como Deus o criou! Ao acreditar em seu poder, você perceba a Luz de Deus que pulsa em seu coração e se expande por todo o seu ser e para o mundo."

Examinei assustado para todo o quarto. Não havia ninguém ali. Olhei o relógio e percebi que tudo aconteceu em cerca de uns dois minutos[13]. Tais palavras seriam fruto do meu pensamento? Percebi que não. Constatei, sem medo, que amigos espirituais velavam por mim. Reconheci que era a ajuda de Deus em manifestação que eu havia pedido. Agradeci pelas lições e me dirigi resoluto, com passos firmes até as pessoas que se alvoroçavam em frente da cozinha.

Atendi a todos muito feliz e finalmente entrei em casa com a cabeça fervilhando de questionamentos: será Senhor Meu Deus, que um dia vou realizar o meu sonho de fazer prosperar a vida da gente daqui? Será que um dia vou compreender os porquês do sentimento de ódio que existe entre mim e o meu pai? Será que um dia eu aprenderei a aceitar meu pai assim como ele é e eu aprenderei a não me deixar afetar negativamente com o seu jeito de ser e agir? E dormi profundamente.

---

13. Dois minutos do tempo terreno na dimensão física em que ora nos encontramos são diferentes de dois minutos do "tempo" nas diversas dimensões do plano espiritual. A conversa que tive com a Lucinda, ocorreu numa dimensão espiritual, daí eu não compreender como a conversa se desenrolara em tão somente dois minutos terrenos, pois a minha sensação era de que tinham se passado cerca de trinta minutos. O tempo terreno físico na dimensão em que nos encontramos nada tem a ver com o tempo nas diversas dimensões existentes no plano espiritual. (Nota do Leopoldo).

Capítulo V

A sabedoria do Raimundo e a Instalação do Aparelho

Acordei e imediatamente pensei na Mariana. Eu precisava encontrá-la. Lavei o rosto e fui à cozinha falar com a minha bela mãezinha Bastiana.

– Menino, ocê tá bem? Levantô tarde. Vosso pai já reclamô de ocê tá dormindo e num tomá café cum a famía toda reunida.

– Esquece a minha família e vem cá me comigo minha bela mãezinha Bastiana – e a abracei e dei-lhe um beijo em cada uma de suas gordas bochechas.

– Menino! Num me agarra – falou a Bastiana com um grande sorriso que iluminou seu rosto. – Eu já te avisei. Se o coroné e vossa mãe tê vê fazendo isso, ocê já sabe. Eles vai brigá cum nóis.

– Bastiana, por favor, esqueça um pouco o coronel e a senhora sua esposa. Vamos mudar o rumo da nossa prosa. Preciso encontrar com a moça Mariana. Devo-lhe desculpas pelo ocorrido no nosso "noivado".

– Ontem eu conversei com o Raimundo. Ele disse que a menina Mariana vai passá na tapera dele hoje de manhã pra vê a Glória e o bebê.

– Então é para lá que eu vou agora mesmo. – falei, sai da cozinha com pedaços de bolo de fubá, e ainda escutei a Bastiana dizer:

– A mim ocê num engana. Tá cum os óio brilhando por causo da moça. Vai, meu fio, encontra cum ela, mais toma cuidado. Ocê sabe que os pais de ocês são inimigo. Deus te abençoe meu fio amado. Vai com Deus e com Nosso Senhô Jesus Cristo.

Agradeci as palavras da Bastiana e lhe mandei um beijo. Montei um belo cavalo e rapidamente cheguei à tapera. O quadro era desanimador. A criança chorava desesperada e a mãe, sem forças, não sabia o que fazer.

– É a fome, dotô Leopoldo – disse o Raimundo, de modo desolado. Os peito da Glória tá quase seco de leite.

Olhei a triste situação e senti minhas forças se esvaírem. O que eu faço? De que adianta ter estudado medicina se o problema desse povo é a fome? Perguntava-me de modo derrotista para "alegria" da Eugênia. E enquanto eu estava paralisado a olhar o Raimundo, a Mariana entrou no casebre com comida e leite para alimentar a família e me convidou para dar uma volta de modo que o casal ficasse à vontade.

– Olá meu ex-futuro noivo – falou a Mariana a brincar, com um lindo sorrido no rosto. – A briga das nossas famílias é insana, mas pelo menos não estamos mais obrigados a nos casar.

Fiquei desapontado com o comentário dela... Claro que eu não queria me casar obrigado, mas será que ela não gostou nem um pouquinho de mim? Pensei e resolvi deixar esse assunto de lado para perguntar de supetão:

– Mariana: você estudou medicina na Europa?

– Sim. Eu sou médica. Mas ninguém da minha família sabe disso, com exceção da minha tia Olga, irmã do meu pai, e do seu marido, tio Albert, com os quais morei na Europa desde pequena. Como a minha tia não podia ter filhos, meus pais resolveram me dar para eles.

"No começo revoltei-me. Como minha mãe Josefa e o meu pai Aguiar podiam dar-me daquela maneira como se eu fosse um simples objeto? Mas eu recebi tanto amor e carinho dos meus pais do coração, que o sentimento de revolta foi embora muito rápido e se transformou em agradecimento a Deus.

"O meu amado tio Albert é médico e percebeu que eu tinha muita vontade de aprender a profissão. Desse modo, desde pequena, ele me levava com ele para atender os pacientes. Na adolescência eu já era sua enfermeira e a partir daí foi um passo para eu ir à faculdade.

"Só que nós três preferimos nos calar a respeito dos meus estudos à minha família do Brasil. Isso porque meu pai cortaria relações com os meus tios e talvez até comigo. Já que seu machismo nunca permitiria que eu estudasse medicina. E a minha vida transcorria muito bem na Europa, até que a tia Olga recebeu uma carta do meu pai, pela qual ele ordenava que eu voltasse ao Brasil imediatamente, pois tinha planos para mim.

"Relutei muito, não queria voltar de jeito nenhum, mas a tia Olga e o tio Albert disseram que eu devia obediência ao meu pai e que ele já me havia 'emprestado' por um tempo precioso e maravilhoso para os dois. Agora era o momento de a minha família no Brasil ter o prazer da minha presença. Argumentei com os meus tios ao dizer que precisava permanecer na Europa para dar continuidade ao trabalho com os feridos da Grande Guerra [14] que até então eu vinha fazendo. Mas o meu tio Albert disse que na Europa já havia muitos médicos e que na região que eu nasci à carência era total. 'Algo me diz – falava o meu tio –, que você tem um lindo trabalho para desenvolver no Brasil. Retorne ao seu belo país e trabalhe pela gente dele e por ele.'"

"E devido ao respeito e amor que sinto por meus tios, não vi outra saída, a não ser, mesmo em lágrimas e com o coração apertado, voltar para o Brasil. De todo modo, estranhamente, apesar da tristeza, alguma coisa dentro de mim dizia que era, sim, à hora de eu voltar, pois muito trabalho me aguardava aqui.

"Entretanto, embora eu me lembrasse da pobreza da região, quando me deparei, adulta, com essa realidade nua e cruel da seca e da miséria fiquei apavorada. Afinal, como eu, sozinha, poderia contribuir para melhorar as condições de vida das pessoas que vivem aqui? Pensei muito e decidi que exerceria a medicina. Passei, então, a trabalhar escondida da

14. No momento em que se passa esta história acontecia a Primeira Grande Guerra Mundial, que durou de 28 de julho de 1914 até 11 de novembro de 1918. (Nota da Sandra).

minha família. Mas o meu trabalho é paliativo e não resolve a questão. O grande problema é a fome e a seca. Mas como resolvê-lo sozinha? Por isso decidi voltar para a Europa. Meu pai não permitiu e quase me bateu. Desse modo, penso em ir embora às escondidas. Só que o interessante é cada vez que eu decido comprar a passagem de volta, meu coração se aperta e pede para eu ficar. Não sei explicar. Por enquanto eu continuo aqui."

Divaguei um pouco com as palavras da Mariana e disse:

– Eu aprendi no curso de medicina a manejar instrumentos cirúrgicos, fazer diagnósticos, ministrar remédios... Mas para pessoas nutridas e ricas... Achei que com esses conhecimentos eu conseguiria fazer um bom trabalho... Mas a realidade da maioria dos brasileiros é outra. Muitos brasileiros estão a morrer de fome[15]. Nesta região em que

---

15. De acordo com o relatório *Situação de Insegurança Alimentar no Mundo** divulgado em 1º de outubro de 2013, pela Organização das Nações Unidas para a Alimentação e Agricultura (FAO), o Fundo Internacional para o Desenvolvimento Agrícola (IFAD) e o Programa Mundial de Alimentação (PMA):

- Cerca de 842 milhões de pessoas, aproximadamente uma em cada oito, sofreram de fome** crônica no período 2011-2013, não obtendo alimento suficiente para levar vidas ativas e saudáveis. O número de 842 milhões de pessoas é menor do que os 868 milhões reportados para o período 2010-2012 no relatório "Situação de Insegurança Alimentar no Mundo", publicado em 2012.
- Apesar do progresso feito em todo o mundo, diferenças marcantes na redução da fome ainda persistem. A África Subsaariana*** teve apenas um progresso modesto nos anos recentes e continua sendo a região com a mais alta prevalência de subnutrição com a estimativa de que um em 4 africanos (24,8%) passam fome.
  Nenhum progresso recente foi observado na Ásia Ocidental, enquanto nas regiões do Sul da Ásia e Norte da África testemunharam um lento progresso. Reduções mais substanciais tanto no número de famintos como na prevalência de subnutrição ocorreram na maioria dos países da Ásia Oriental e Sudeste da Ásia, assim como na América Latina.
- O Brasil reduziu em 40 por cento o número de pessoas que passam fome no país entre 1992 e 2013. Nesse período, o número de brasileiros que passam fome foi reduzido de 22,8 milhões para 13,6 milhões de pessoas.
- Os dados também mostram que o número de subnutridos em proporção ao total da população brasileira caiu 54,3 por cento, de 15 por cento em 1992 para 6,9 por cento em 2013. A redução ficou acima da média da América Latina, onde a queda na proporção foi de 48,5 por cento.

* O relatório *Situação de Insegurança Alimentar no Mundo* é publicado todos os anos.

** A Organização das Nações Unidas para a Alimentação e Agricultura (FAO) define desnutrição, ou fome, no relatório Estado da Insegurança Alimentar no Mundo de 2013, como "não ter comida suficiente para uma vida ativa e saudável" e uma incapacidade de "atender às necessidades energéticas da dieta". (Nota da Sandra)

*** África Subsaariana corresponde à porção de terras no continente africano que se localiza ao sul do Deserto do Saara.

Fonte: <https://www.fao.org.br/fgdmaecf.asp> Acesso em 30 de janeiro de 2014. <http://br.reuters.com/article/domesticNews/idBRSPE99004520131001> Acesso em 30 de janeiro de 2014. (Nota da Sandra)

nos encontramos, como muito bem à senhorita falou, a subnutrição é um problema seriíssimo. E digo que essa questão precisa ser resolvida juntamente com o problema da seca.

"Mas... Quando penso na situação das pessoas como o Raimundo e a Glória, eu tenho a sensação de que minhas forças vão embora e meu pensamento paralisa. Como dar educação e trabalho digno ao povo para que tenha condições de produzir e comprar o seu próprio alimento?"

Ficamos sem respostas, cada qual com seus devaneios, até que o Raimundo apareceu para agradecer o cuidado que tivéramos com a sua mulher e o seu bebê.

– Os dotô fizerum muito mais do que pensa. Os dotô preocupô cum nóis. Aqui nessa terra, nóis só existe pra trabaiá pros coroné e quase que iguar os antigo escravo. O sinhô Leopoldo e a sinhazinha Mariana me adescurpa falá assim, eu sei que o pai de ocêis é coroné.

"Mais óia a nossa situação. Nóis num sabe mais o que fazê. Num chove faiz muito tempo. A lavoura secou e os boi e as vaca morreu. Num sei como vô alimentá minha famía.

"O povo trabaia pros vossos pai e num ganha nada por causo de que nóis deve dinheiro pra eles. As comida da mercearia dos coroné é cara demais. E cada veiz que agente pega arguma coisa, a dívida aumenta ainda mais. Nóis num vai consegui pagá nunca. Nóis somo escravo. E se nóis num obedecê as ordem dos coroné eles ordena matá nóis. Nóis tem que fazê tudo o que eles qué e nóis sabe que o que eles qué pra nóis num é certo. Nóis sabe que eles pensa que nóis somo tudo burro."

Eu e a Mariana nos olhamos sem saber o que responder e o pior, o que fazer. E o Raimundo continuou com suas sábias palavras, sem se dar conta de que, ao falar, recebia luzes amorosas da Lucinda e Belquior:

– O sinhô e a sinhá é dotô e têm estudo. Os dois num tá nesta terra de meu Deus e Nosso Senhô Jesus Cristo por acaso da vida. Ocêis dois têm todas as condição de fazê uma mudança pra miorá as coisa por aqui. O lugar de ocês é aqui. Eu sô um ignorante. Meu sonho é aprendê lê e iscrevê[16]. Mais mesmo assim eu sei que posso colaborá cum ocês. Agente pode fazê plano. Eu sô trabaiadô. O povo num é vagabundo. O pobrema é que cum a barriga vazia, nóis num tem força pra trabaiá.

"Nóis tem que encontrá um jeito de tê água. Quem manda na água por estas banda é o coroné Jerônimo. E ele vende a água, mais nóis num tem dinheiro pra paga e as planta morre tudo.

"Cum água nóis vai tê força pra trabaiá. As criança por aqui num tem futuro. Não tem comida e escola. Nóis precisa tumbém tê escola pras criança.

"Mais os coroné num qué construí escola pra nossas criança. Pra eles é miór nóis tudo continuá burro e ignorante e eles continua a mandá em tudo mundo. Eles pensa que nóis acredita qui vão fazê escola e hospital. Eu sei e mais um bando de gente sabe qui é tudo mentira. Eles promete o que não cumpre. Mais se os coroné me ouve falá assim, eles manda me matá.

"Nóis num é considerado gente pros coroné. Mais nóis num pode perdê as esperança. Isso por causo de quê se nóis tem argum pobrema é porque nóis têm condição de resolvê. Ocêis num pode baixá a cabeça. Principalmente o dotô Leopoldo que tá mais amuado, triste e precisa perdê o medo que tem do pai.

"Ocêis dois têm que sê forte. Têm espritos do mal que qué atrapaiá o caminho de ocêis e da gente daqui. Mais ocês precisa sabê que as resposta das pregunta de ocêis tá dentro do coração de ocêis. Se ocêis fô forte os esprito do mal se afasta. Vô reza cum minha muié Glória pra mode alumiá (iluminar) o coração de ocêis".

---

16. O analfabetismo cresceu no Brasil pela primeira vez em 15 anos, um aumento de aproximadamente 300 mil pessoas entre 2011 e 2012, de acordo com a Pesquisa Nacional por Amostra de Domicílio (Pnad), divulgada no dia 27 de setembro de 2013 pelo Instituto Brasileiro de Geografia e Estatística - IBGE.
A taxa de analfabetismo entre pessoas com 15 anos ou mais foi estimada em 8,5 por cento, o equivalente a 12,7 milhões de pessoas. Em 2011, esta taxa era de 8,4 por cento, ou de 12,4 milhões. Essa é a primeira vez em 15 anos que a taxa voltou a subir.
Por regiões, o IBGE detectou que o analfabetismo cresceu no Nordeste e no Centro-Oeste. As taxas passaram de 16,9 para 17,4 por cento e de 6,3 para 6,7 por cento, respectivamente.
Fonte: <http://br.reuters.com/article/topNews/idBRSPE98Q02T20130927> Acesso em 03 de outubro de 2013. (Nota da Sandra).

Fiquei pasmo. Não imaginava que o Raimundo fosse tão sábio. E ao escutar dele, principalmente, que eu tinha medo do meu pai, novamente o pavor dominou todo o meu ser. O sentimento de ser inútil voltou com força. Meu pai tem razão, pensei. Eu sou um burro. Não sirvo para nada. Sou uma aberração.

Comecei a suar frio e ter calafrios enquanto que em minha mente apareceu à figura do meu pai, ameaçadora a me atacar sem que eu tivesse condições de me defender. Também, em questão de segundo, vi cenas em que eu era queimado vivo em uma fogueira, numa praça diante de uma multidão que a tudo assistia extasiada com um mórbido prazer em aguardar eu ser morto na fogueira. A partir daí tudo foi muito rápido. Eu desmaiei sobre o chão ao senti uma fortíssima dor de cabeça. Era a Eugênia que, devido à minha baixíssima vibração energética, implantara, finalmente, um aparelho dentro do meu cérebro a irradiar energias destruidoras[17, 18]. Ela agia, neste momento, sem a presença do Lupicínio, pois o prendera em seu castelo, uma vez que, de acordo com a Eugênia, ele "perdera" completamente as suas forças ao desistir de se vingar de quem quer que fosse e praticar o mal pelo mal.

---

17. Esclareço que no meu caso, na vida como Leopoldo, a dor de cabeça que descrevo, teve como causa a instalação do aparelho em meu cérebro pela Eugênia. Mas, deixo claro, que tal fato se deu comigo por inúmeras razões, entre as quais, meu desejo de suicídio, além de débitos de vidas passadas. Repito: esse fato se deu comigo! Esse fato, não pode, portanto, em hipótese alguma ser generalizado para todas as pessoas. Cada caso é um caso. Há situações, por exemplo, em que um irmão ou irmã tem o desejo de suicídio, mas isso não significa que um aparelho desses será implantado nesse irmão ou irmã. Repito: cada caso é um caso.
Saliento que eu não demonstro esse fato de instalação de aparelhos de baixíssima vibração para assustar e amedrontar o leitor e a leitora. Ao contrário. Eu o demonstro, como uma informação necessária para que prestemos atenção, incessantemente, sem medos, com a qualidade dos nossos pensamentos, sentimentos, emoções, crenças e ações. Importante nos lembrarmos, sempre, que o amor cura tudo!
Para falar sobre este assunto, dos aparelhos, obtive a autorização de espíritos moral e espiritualmente superiores ao meu nível espiritual, que coordenam o trabalho deste livro, através de trabalhadores que vibram na mesma dimensão em que me encontro.
Finalmente, ressalto, que toda e qualquer dor de cabeça deve ser averiguada e tratada no seu aspecto físico (médicos da terra física), psicoterápico e espiritual. Isso porque, no plano terreno, nosso corpo espiritual está ligado ao nosso corpo físico. Pois bem, tratemos todos os nossos corpos. Um tratamento se soma ao outro. Jamais substituir um tratamento pelo outro. (Nota do Leopoldo).
18. O corpo espiritual e o corpo físico estão conectados através de um campo energético. O desprendimento desses corpos se dá parcialmente no momento do sono. Por "parcialmente" entenda-se que os corpos: físico e espiritual continuam, durante o sono, conectados por meio de filamentos energéticos. O desprendimento definitivo se dá com a morte do corpo físico (Nota da Sandra).

Capítulo VI

A Eugênia, o castelo e a profunda depressão

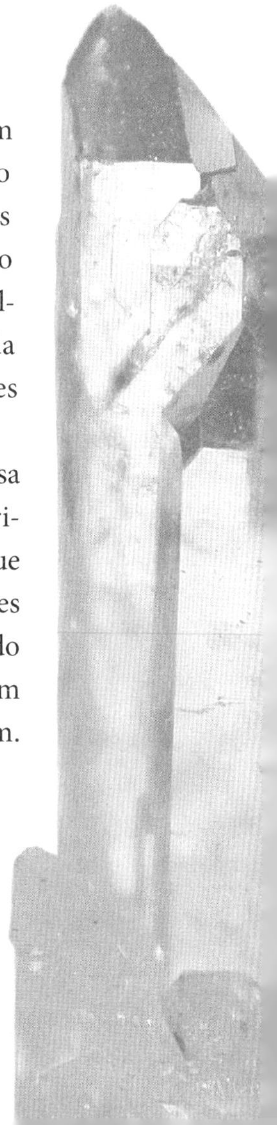

Amarrado em um tronco o Lupicínio contorcia-se em dor devido a mais um castigo imposto pela Eugênia. Isso porque, pelo fato de que ela lia os sentimentos e pensamentos do Lupicínio, a cada esboço de emoção de arrependimento ele recebia mais chibatadas dos escravos da Eugênia. E a qualquer pensamento em Deus, a reprimenda tornava-se ainda mais cruel. Bolinhas de ferro eram colocadas nos chicotes para que a dor fosse ainda maior.

As costas do Lupicínio transformaram-se em uma massa aglomerada disforme de sangue. E o seu desespero, indescritível em palavras, era tamanho, que ele passou a acreditar que vivia naquele sofrimento desde sempre e para sempre[19]. Esses atos bárbaros de imposição de castigo ocorriam dentro do "Castelo da Maga Eugenia". "Maga" porque a Eugênia assim se intitulava e ordenava que seus escravos a chamassem.

19. A noção de tempo que sentimos no plano físico é completamente diversa daquela que sentimos no plano espiritual. Não disponho de conhecimentos para maiores explicações. (Nota do Leopoldo).

E castelo pelo fato de que ela materializara espiritualmente no astral uma construção muito semelhante aos antigos castelos medievais.

Isso se deu no século XVI e o objetivo foi conclamar para a vingança todos aqueles e aquelas que foram condenados à tortura e morte na fogueira por ordens dos membros da "Santa Inquisição"[20]. Isso porque, a Eugênia, em sua última encarnação na Terra Física foi acusada de bruxa, torturada e morta na fogueira. Mas antes disso ocorrer, ela ia às aldeias da Espanha e escolhia moças virgens e bonitas para acusá-las de bruxas e entregá-las aos membros da "Santa Inquisição".

Essas moças perdiam suas virgindades à força por membros da "Santa Inquisição" e depois eram torturadas e condenadas à morte na fogueira. Em troca desse trabalho, a Eugênia recebia prestígio entre os membros do clero, e muito ouro. Até que em um retorno da Eugênia a uma dessas aldeias, o pai de uma das meninas, a qual já havia sido entregue à Inquisição pela Eugênia, preparou-lhe uma cilada.

Atraiu-a para dentro de uma caverna sob o pretexto de que ali, se escondiam várias virgens. Ao entrar na caverna a Eugênia se deparou com uma mesa repleta de ossos de vários animais, chifres, potes com sangue e, também, com ervas. Curiosa e estudiosa das práticas de magia negra, a Eugênia deixou-se fascinar pelo material. Enquanto passava suas mãos sobre os ossos, qual não foi a sua surpresa ao aparecerem de supetão, a sua frente, o padre da aldeia que a acusou de bruxa, e várias outras pessoas que testemunharam seus "atos de bruxaria".

---

20. "Para controlar a difusão de novas ideias e expressões a Igreja Católica criou no final do século XII a Santa Inquisição ou o Tribunal do Santo Ofício com o intuito de fiscalizar, julgar e condenar os indivíduos que se contrapusessem aos princípios da religião oficial, num período em que não havia separação entre o Estado e a Igreja. Assim, os condenados pelos Tribunais da Inquisição eram entregues às autoridades estatais para que executassem a pena definida. O fluxo de informação e o controle das formas de expressão eram administrados e direcionados pelos dogmas da religião Católica."
Fonte: transcrição do parágrafo do texto "In" "Contemporânea", Ed. 17, Vol. 9, N. 1, 2011. Artigo: "Direitos Humanos Fundamentais e Direito à Comunicação: entre a redistribuição e o reconhecimento", autoria: Rodrigo Garcia Vieira Braz – disponível em: <http://www.contemporanea.uerj.br/pdf/ed_17/contemporanea_n17_05_braz.pdf> Acesso em 21.02.2014. (Nota da Sandra)

Desse modo, foi denunciada pelo padre da aldeia ao Tribunal da Santa Inquisição, levada a julgamento, condenada, sem direito de defesa, à tortura e morta na fogueira. Morreu com muito ódio e decidiu vingar-se dos membros da "Santa Inquisição" e daqueles que armaram a cilada a ela na aldeia. Para isso procurou magos trevosos no plano físico e espiritual de modo que eles a ensinassem técnicas de vinganças. Entre essas técnicas passou a dominar a tecnologia de implantação de aparelhos nos corpos espirituais de encarnados e desencarnados para transformá-los em joguetes em suas mãos e destruí-los.

Sua fama cresceu no mundo espiritual e a Eugênia passou a ser procurada não só por aqueles que foram mortos sob as ordens da "Inquisição", mas também por muitos outros vingadores que apresentavam os mais diversos motivos. E a Eugênia "auxiliava" a todos com suas vinganças. Entretanto, no momento em que o vingador dava por si, já estava mentalmente escravizado por ela.

Quanto ao castelo, trata-se de um lugar permanentemente escuro. Não entra a Luz do Sol, devido à sua baixíssima vibração ser incompatível com a Luz. De todo modo, a construção é coberta com algo que se parece com cimento e não há uma única fresta por toda a construção. A temperatura varia entre 2º e 3º Centígrados. O ar é rarefeito e pesado devido ao sofrimento de todos que lá se encontram. O odor lembra cadáveres em putrefação, uma vez que há muitos espíritos no castelo que sentem a decomposição dos corpos físicos que possuíam quando encarnados.

Escuta-se o tempo todo lamentos, choros, palavras de baixo calão contra tudo e todos. O chão é de terra batida coberta com lama, fezes e urina humanas e de animais[21, 22]. Não há flores. Há poucas árvores completamente secas e um grande lago central, com pedras horríveis ao

---

21. Esses animais são na verdade espíritos que transformaram seus corpos espirituais em seres animalescos, devido a transtornos profundos de sentimentos de ódio, vícios, orgulho, insanidades, perversões, e desejos de vingança. (Nota do Leopoldo).

22. Sobre este assunto de transfiguração de corpos espirituais há maiores esclarecimentos no capítulo XV deste livro. (Nota da Sandra).

fundo. Lago esse que exala um odor horrível, cuja água, se é que se pode chamar de água o líquido que preenche o lago, apresenta uma aparência infinitamente pior que a mais poluída das águas que possa existir na Terra Física do século XXI[23, 24].

Enfim, trata-se de um lugar em que os sofrimentos de irmãos e irmãs são terríveis e a sustentação para a existência de um lugar como esse não é somente através dos pensamentos materializados espiritualmente pela Eugênia, mas sim de todos aqueles que lá se encontram: vingadores e vingados que comungam sentimentos; emoções, pensamentos, crenças, palavras e atos de baixíssima vibração. Lugares como esse são a criação mental de cada qual que lá se encontra, embora a maioria de vingados e vingadores acredite que o castelo só se sustenta com as vibrações da Eugênia, tamanho poder mental que ela exerce sobre a maior parte dos irmãos e irmãs que lá se encontram. Muito embora a Eugênia acredite que domina a tudo e todos no castelo.

Mas, eu, Leopoldo, saliento ao leitor e leitora amiga, que um lugar como o castelo não é eterno. Ele tem o seu fim, pois não é uma criação de Deus. Só é eterno o que vem de Deus e é de Deus. Locais como o castelo são criações das mentes dos seres humanos que refletem seus estados de espírito. Estar ali, no castelo ou em locais análogos é consequência da condição mental de cada irmão ou irmã, que vibra na mesma sintonia do lugar e das pessoas que lá se encontram.

Isso significa que não se trata, absolutamente, de castigo de Deus, mesmo porque Deus jamais castiga seus filhos. Não há que se temer a Deus. Deus não nos aponta o dedo a nos julgar. Deus é infinitamente bom e misericordioso. A nossa consciência é que nos julga. Sendo assim, afirmo que ninguém "vive" em um "lugar" desses para sempre. Irmãos e irmãs encontram-se nesses locais provisoriamente, de modo a purgarem

23. A poluição a que me refiro no presente caso é a poluição de pensamentos negativos e trevosos de espíritos encarnados e desencarnados que se materializam nas águas deste lugar que descrevo (Nota do Leopoldo).

24. Comparo, neste caso, com a pior água poluída existente no Plano Físico neste século XXI (Nota do Leopoldo).

as suas ilusões e os seus delírios. Na verdade, estar em locais como o "castelo" é uma abençoada oportunidade ao despertar para o reencontro da Luz de Deus e em Deus dentro de nós.

Aliás, embora os habitantes do castelo não o percebam e nem tampouco detectem, o castelo, assim como todo o universo, está inundado na luz de Deus. E há falanges de espíritos de luz que trabalham de forma amorosa, paciente e ininterruptamente nesses locais para o auxílio de todos, sempre com respeito ao livre-arbítrio de cada um.

Não obstante, repito: cada qual tem o seu tempo de despertar para Deus dentro de si. Mesmo porque não existe ninguém no universo absolutamente mal. Todos nós, criados por Deus, temos nos nossos corações a centelha divina do amor de Deus e mais cedo ou mais tarde essa "centelha" emerge e germina ao reencontro da luz que é de onde viemos.

Bem... Retornando ao Lupicínio... Ele foi desamarrado do tronco por um dos escravos da Eugênia e carregado de modo violento até a sala dela, qual seja, um enorme salão com um trono no centro feito do que pareciam ser cobras mumificadas. Cenário horrível e triste de se ver.

– Pois bem, Lupicínio – falou a Eugênia de modo ríspido –, minha paciência se esgotou com você. Mas devido a toda a minha bondade, resolvi te dar mais uma única chance. Sendo assim, ordeno que, como meu escravo, acabe de vez com o Leopoldo. Faça-o se matar que eu estarei aguardando o desgraçado bem aqui! E continue a destruir o Jerônimo, a sonsa da Mariana e aquela desgraçada e intrometida da Bastiana, que atrapalha os meus negócios com aquelas suas rezas ridículas... E se você não cumprir fielmente o que digo pela última vez você já sabe: será condenado à queima eterna do seu corpo na fogueira do inferno.

"A nossa conversa acaba por aqui. Agora suma e retome seu posto de trabalho. Estou cansada de trabalhar praticamente sozinha nesse caso. E fique atento, pois estou acompanhando seus pensamentos e ações diretamente..."

E o Lupicínio foi arremessado através da força do pensamento da Eugênia à cozinha da fazenda do meu pai. Ele se deparou comigo, sentado em uma cadeira, muito pálido com a Bastiana a me olhar assustada.

– Bastiana, eu não tenho me sentido bem. Eu desmaiei na frente da Mariana e do Raimundo. Estou com tonturas e dores de cabeça muito fortes. Desde que cheguei nesta fazenda me sinto cada vez mais fraco e sem esperanças. O pavor e o medo me dominam. Escuto vozes a me dizer que não sirvo para nada e que o único jeito é eu desistir da vida. Acho que estou enlouquecendo. Quero morrer. Não aguento mais viver...

– Cruz credo. Num fala essas besteira pelo amor de Deus. Pensa comigo meu fio... Ocê num tava fraco quando sarvô a Glória e o bebê.

– Mas como a criança vai crescer sem alimentação? De que adiantou nascer viva? Eu sou um fracassado. Meu pai tem razão em me chamar de burro. Eu não consigo perder o medo que sinto do meu pai. Eu não tenho mais jeito para esta vida...

– Reage fio. E a Bastiana fez o sinal da cruz no mesmo tempo que pediu ajuda a Deus, a Jesus e a Nossa Senhora. Retirou um galhinho de arruda detrás de uma de suas orelhas e passou a rezar em voz alta e a me benzer. Eu desabei num choro convulsivo. E isso facilitou ainda mais o trabalho da Eugênia a me instigar a me matar. Senti náuseas e vomitei ali mesmo no chão da cozinha. E para piorar a situação, meu pai entrou, neste momento na cozinha e se deparou com a triste cena. Roxo de ódio, ele levantou-me pelo colarinho, desferiu tapas no meu rosto, esfregou meu rosto no vômito e disse que não tinha posto filho no mundo para ser fraco e mulherzinha como eu.

Eu não consegui reagir, ou melhor, eu nem quis reagir. Meu desejo era somente o de morrer...

– Morro de vergonha de você, porco miserável.

Mais uma vez tudo escureceu e desmaiei. Meu pai, ainda mais irritado com o meu desmaio, arrastou-me pelo chão até o meu quarto seguido da Bastiana, que estava angustiada, mas sem perder a fé em Deus. Minha mãe e minha irmã recusaram-se a me ajudar e nem ao menos perguntaram o que ocorria comigo, pois tinham pavor de possíveis escândalos sociais. E o meu pai, com muito ódio saiu de casa revoltado a procurar algum empregado seu para descontar toda a sua raiva.

A Bastiana conseguiu deitar meu corpo sobre a cama e me limpou. Eu não conseguia abrir os olhos ou mexer-me. Não tinha forças e escutava uma gargalhada diabólica, entrecortada com ordens para que eu me matasse. Já não sabia se era o meu pensamento ou se eram as tais vozes que eu sempre escutara desde criança. Estava cansado demais para pensar nisso e deixei-me ficar naquela cama exausto e sem energia. Porém, a voz continuava e não me dava trégua:

"A única saída para você é matar-se. Você é um coitadinho mesmo. Não serve para nada. Mate-se! Acabe logo com tudo. Você sabe onde seu pai guarda as armas. É só pegar uma delas e dar um tiro certeiro na cabeça. Aí você será feliz, pois estará morto e tudo acabado. Com você morto seu pai não vai mais te maltratar e te chamar de burro, de mulherzinha, de aberração... Você é uma vítima. Deus te castigou ao dar o Jerônimo como pai... Você é um pobre infeliz!" – Dizia a Eugênia e o Lupicínio, aflito, continuava a acreditar que era ele quem me intuía sob as ordens dela.

E eu tomei as palavras da Eugênia como verdadeiras para a minha vida e a partir desse dia não saí mais da cama. Passou um mês e meio e eu, praticamente sem comer, já emagrecera cerca de dez quilos. Não permitia que as janelas fossem abertas, pois tinha pavor da luz do Sol. O meu único desejo era ficar deitado no escuro para aguardar a hora da minha morte.

Nesse tempo, a benzedeira Maria e, também, a Mariana arriscaram suas vidas ao me visitarem às escondidas durante algumas madrugadas. Elas rezavam ao pé da minha cama em companhia da Bastiana. A Mariana me falava palavras de incentivo. E a benzedeira Maria dizia que morte não existe e que o que ocorre é somente uma mudança de dimensão. Pedia para eu pensar que no corpo que viva como Leopoldo eu ainda tinha muito tempo e trabalho para realizar na terra física; e que ao desejar a morte, eu permitia que irmãozinhos (as) sofredores se achegassem a mim e colassem em mim a me insuflar a cometer o ato impensado do suicídio.

A Bastiana não saía do meu quarto. Ficava comigo o tempo todo e para piorar ainda mais a minha situação, passei a ter febre, que não cedia. As dores de cabeça se acentuaram e os pesadelos em que eu me via sendo queimado em uma fogueira e acusado de ser herege, sodomita e traidor repetiam-se diariamente. Sentia-me literalmente no inferno. Corroía-me em culpas. Sentia-me o pior dos seres humanos. Acreditava que eu era responsável por mortes. Via-me como uma pessoa traidora e que brincava com os sentimentos alheios. Quem eu teria traído? Eu teria provocado mortes? Mas de quais pessoas?

E esses pensamentos além de outros, os mais tenebrosos possíveis, tomavam conta da minha mente e do meu ser. Comecei a acreditar que eu era um demente. A única saída seria acabar de vez com a minha vida. Sentindo-me um derrotado e fracassado, pedia a Deus para que eu melhorasse um pouco e tivesse forças para me matar. Assim tudo acabaria e eu iria para o inferno onde era o meu lugar.

Minha mãe com vergonha da situação em que eu me encontrava perante a sociedade local, sugeriu ao meu pai que me internasse em algum manicômio. Ele achou a ideia excelente. Enquanto isso minhas forças se esvaiam a cada dia. Minha voz mal saía da garganta. E ainda assim consegui balbuciar à Bastiana:

– Por que não morro? A vida é injusta comigo. Eu jamais prejudiquei quem quer que seja. Deus não podia me dar o pai que me deu. E neste momento os pensamentos eram realmente meus. Eu me permiti ficar tão mal que a Eugênia pode diminuir seu trabalho para comigo. Ela sabia que eu ia acabar morrendo por minha própria vontade e decisão. Para ela era uma questão de pouco tempo.

– Minha querida Bastiana – implorei – ajude-me a morrer pelo amor de Deus.

– Se o menino num regi vai acaba morrendo. Querê morrê num vai resorvê nada. Só vai piorá as coisa. Vamo rezá meu fio querido. Óia só, meu fio, a Mariana, o Raimundo, a Glória e a benzedera Maria tão muito preocupado cum ocê. Ocê tem amigos meu fio qui ti amam. Levanta da cama meu fio. Come a comida qui eu te trago pelo amor de Deus e Nosso Senhô Jesus Cristo – dizia a Bastiana muito nervosa com o meu estado.

– Deus se esqueceu de mim, Bastiana. Eu estou largado. Não sirvo para nada. Meu pai tem razão em me chamar de porco miserável. Por favor, traga suas ervas, que em grande dose se tornam venenos mortais e assim eu deixo de ser um estorvo para todos.

E a Bastiana se ajoelhou sobre o piso do quarto e pediu fervorosamente a Deus, a Nosso Senhor Jesus Cristo, a Nossa Senhora e aos espíritos de luz que eu despertasse para Deus que está dentro de mim e que os espíritos sofredores que me atormentavam encontrassem dentro de si a luz de Deus.

Neste momento, o corpo físico e espiritual da Bastiana irradiou do seu coração luz ora na cor rosa ora verde e recebeu energias amorosas da Lucinda e Belquior. O quarto se inundou de luz, inclusive o meu corpo físico e espiritual. Mesmo sem ter consciência da luz, encolhi todo o meu corpo, uma vez eu queria ficar na escuridão. E a luz criou uma barreira energética que fez com que a Eugênia não conseguisse mais me intuir naquele momento. Enfurecida prometeu a si mesma que arquitetaria um plano fatal contra mim. O seu ódio era tanto que nem se deu conta de que o Lupicínio não foi jogado para fora do quarto com a luz. Por alguns instantes, ela esqueceu-se do Lupicínio, que finalmente detectou a presença da Lucinda e do Belquior inundados em luz. Assustou-se, tentou se esconder em um canto do quarto e permaneceu encolhido com a cabeça entre as pernas a chorar sob intenso sofrimento.

Capítulo VII

Um irmão que desperta

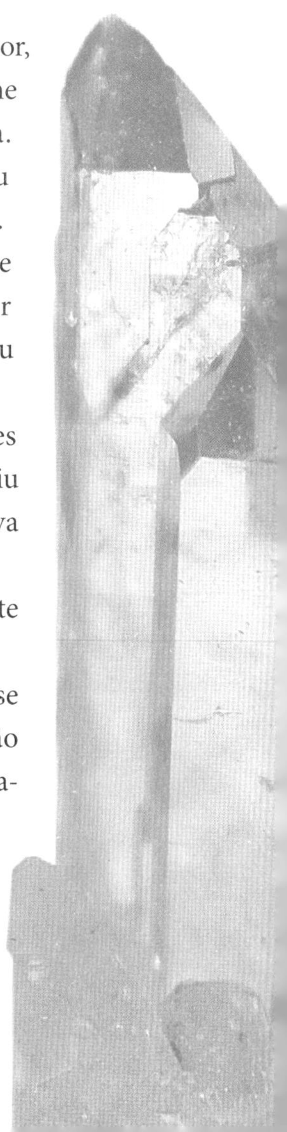

– Vão embora – pediu o Lupicínio à Lucinda e ao Belquior, sem nenhuma convicção. – O que fazem aqui? Querem me escravizar também? Eu já sou escravo da maga Eugênia. Saiam daqui. A maga Eugênia me castigará ainda mais se eu falar com vocês. Eu vou queimar na fogueira eternamente.

– Irmão Lupicínio, nós somos seus irmãos. Respire fundo, expire e sinta agora a luz que ora irradiamos por todo o seu corpo. Essa luz faz com que se sinta melhor – falou o Belquior.

E o Lupicínio respirou fundo e expirou algumas vezes sem coragem de olhar para a Lucinda e ao Belquior. Sentiu um pouco de calma, sensação esta que nem mais se lembrava que existia.

– Por favor, meu irmão – pediu o Belquior: olhe-se neste espelho que coloco a sua frente. Como se vê?

– Não! – Gritou o Lupicínio assustado – eu não sou esse monstro horroroso que aparece nesta imagem. Vocês são bruxos do mal e querem me enfeitiçar. Tirem este espelho daqui. Não quero ver nada. Esse corpo refletido no espelho não é meu. Não é possível. Vocês estão a mando da maga Eugênia para me enganar – e o Lupicínio passou a chorar a ponto de perder o fôlego.

A Lucinda e o Belquior irradiaram mais luz ao irmão Lupicínio e aguardaram pacientemente que o choro diminuísse de intensidade para retomarem o diálogo:

– O que você vê refletido neste espelho, irmão, é o seu corpo espiritual que se mostra sem máscaras. Esse corpo demonstra o estado em que estão seus sentimentos – falou o Belquior de modo amoroso.

– Mas eu não confio em vocês. Vocês também escravizam as pessoas. E eu não vou deixar isso acontecer comigo novamente. Eu sou muito mais forte do que vocês. Deixem-me. Eu sou escravo da maga. Tenho que obedecê-la e fazer com que o Leopoldo se mate – e mais uma vez o choro tornou-se muito forte.

"Só que eu não quero mais me vingar de ninguém faz muito tempo – prosseguiu o Lupicínio. Não quero mais prejudicar ninguém. Quero mudar, mas não tenho coragem. Não me acho digno de qualquer ajuda."

– Irmão Lupicínio, você está totalmente lúcido. Veja... Você quer mudar de vida e já parou com as suas vinganças. Você decidiu não prejudicar a mais ninguém porque sabe que esse não é o caminho – disse a Lucinda, no mesmo tempo que fez com que o Lupicínio olhasse para os seus olhos.

E ante o olhar amoroso da Lucinda, o choro do Lupicínio retornou mais forte. Alguns instantes se passaram, ele mais uma vez se acalmou e a conversa foi retomada:

– Por favor, irmão Lupicínio eu peço que olhe dentro do seu coração – solicitou o Belquior enquanto luzes irradiadas dos seus dedos e dos da Lucinda eram jorradas diretamente no coração e no cérebro do Lupicínio.

– Não! Não! Não! Por favor, eu imploro que parem com isso. Eu não estou conseguindo dominar os meus sentimentos. Eu não quero sentir isso. Dói demais a minha alma. Eu imploro para não sentir isso... Eu não quero sentir isso. Eu não posso e não devo sentir isso. Eu mereço estar naquele castelo tenebroso e ser escravo da maga Eugênia. O castelo é o meu destino eterno, sou um pecador.

– Que sentimentos são esses que tanto o afligem meu irmão?[25] Perguntou a Lucinda.

– Não! E o Lupicínio desatou a chorar descontroladamente.

Mais uma vez a Lucinda e o Belquior aguardaram, pacientemente, até que o Lupicínio se acalmasse e prosseguiram com o diálogo:

– Vamos meu irmão – falou o Belquior de modo afável –, que sentimentos são esses?

– Eu não consigo compreender. Passei um tempo incontável a me vingar do Leopoldo, mas por outro lado eu sei que um dia senti ou talvez ainda sinta amor e desejo sexual por ele. Isso é pecado. Ele é homem assim como eu. Tenho uma imensa vergonha disso... Mas, embora eu saiba que o Leopoldo tem o corpo de um homem, não compreendo porque às vezes eu o vejo no corpo de uma mulher a trajar volumosos vestidos.

E o Lupicínio encolheu-se mais ainda ao chão e mais uma vez colocou a cabeça entre suas pernas e lágrimas de sofrimento escorriam por seu rosto...

– Levante a cabeça, por favor, irmão Lupicínio – disse o Belquior carinhosamente. – Continuemos a nossa conversa, por favor...

Lentamente o Lupicínio levantou a cabeça, apesar de não ter coragem de olhar nos olhos dos dois amigos e resolveu falar, embora com um tom de voz bem baixo de modo que ninguém o ouvisse[26]:

– Como isso pode ser? Eu não consigo entender o que se passa comigo. Eu sou homem e não devo em hipótese alguma amar e sentir atração sexual por outro homem. Estou confuso. De qualquer forma, eu tenho uma única e verdadeira certeza, qual seja: eu não quero mais me vingar de ninguém. Sei que já cometi incontáveis atrocidades. Não desejo e não vou mais cometê-las.

---

25. A Lucinda e o Belquior sabiam o que se passava no íntimo do Lupicínio, mas com intuito terapêutico o estimularam a falar de si mesmo para o bem dele. (Nota do Leopoldo).

26. Ali ninguém o ouviria. Embora não o soubesse, o Lupicínio estava protegido no momento do diálogo por um campo energético irradiado pela Lucinda e pelo Belquior. (Nota do Leopoldo).

E o Lupicínio com muito sofrimento colocou mais uma vez a cabeça entre suas pernas a sentir muita vergonha de si mesmo.

– Irmão Lupicínio – falou o Belquior – você sente amor por um ser espiritual, que nesta vida física, como Leopoldo, utiliza um corpo masculino como veículo de manifestação. Daí a confusão. Quando amamos verdadeiramente, nós amamos o ser espiritual que somos, ou seja, luz. Na luz nós deixamos de apresentar a polaridade homem/mulher. Daí compreendermos que amor é amor independe de quem quer que seja ou do que quer que seja.

"Mas o fato é que você deseja mudar sua vida e você já o está a fazer. Isso é maravilhoso. Sendo assim, o que acha de aceitar e compreender que Deus está dentro de todo o seu ser?"

– Eu quero, mas talvez eu não mereça. Somente cometi erros e graves. Olhe só como eu sou sujo, cheio de feridas abertas pelo corpo a exalar um odor de podridão.

– Todos nós erramos e os erros nos servem como abençoadas lições de modo a agirmos diferentemente nas novas oportunidades que a vida infinitamente nos concede. Ninguém é ninguém para julgar absolutamente ninguém. Cada qual com a sua consciência e a responder por seus atos – disse a Lucinda que pediu um abraço ao Lupicínio.

Aos poucos ele se tranquilizou. Levantou-se com o auxílio dos dois amigos, aceitou o abraço da Lucinda e depois do Belquior. Sentiu-se muito bem com o gesto carinhoso e amoroso e percebeu que não se lembrava mais da existência de um abraço...

– Irmão – aceite esta água que te ofereço – falou a Lucinda, e o Lupicínio a tomou avidamente. Não se recordava da última vez que havia ingerido ou mesmo visto uma água tão limpa como aquela que lhe foi oferecida.

"O Belquior e eu temos um convite para você: venha conosco para a abençoada cidade espiritual chamada "Casa do Acolhimento em Deus". Lá você terá a oportunidade de avaliar-se, se recuperar, estudar, aprender coisas novas, trabalhar. Enfim, começar uma nova e bela vida... É um lugar muito belo. Então, o que me diz? Aceita?"

– Mas o que precisarei fazer em troca desse convite? Jamais farei trabalhos sujos novamente.

– Lupicínio, nós estamos aqui em nome de Deus, de Jesus e da mãe Maria, que muito amam a todos. Não queremos favor nenhum como troca. Somente queremos o seu bem. Veja a luz que cobre o seu corpo. No momento ela está na cor rosa para que sinta o amor de Deus e de Jesus que existe dentro de você. Que tal relaxar a mente e o corpo? Perguntou carinhosamente o Belquior.

O Lupicínio abaixou a cabeça de modo envergonhado. Queria muito aceitar, mas ainda sentia um resquício de medo da Eugênia. Titubeava...

– E então, aceita nosso convite? E dessa vez foi a Lucinda a perguntar calmamente.

– E se a maga Eugênia descobrir? Sou escravo dela.

– Ela não tem o poder que você e os outros no castelo imaginam. Vocês vivem sob o "poder" da irmã Eugênia porque acreditam que ela detém esse falso poder. Filho: confie em Deus que tudo pode; tudo vê e jamais desampara qualquer um de seus filhos – respondeu a Lucinda.

– Amigo Lupicínio – falou o Belquior – a Eugênia é uma irmã extremamente sofredora e esse sofrimento só aumenta com a sua insistência em não parar de agir contrariamente às Leis de Deus de Amor e Caridade. Saiba que o sofrimento dela, meu amigo Lupicínio, é insuportável e maior do de qualquer irmã ou irmão que ela escraviza.

Ao ouvir ser chamado de "amigo" o Lupicínio relaxou ainda mais. "Há quanto tempo – pensou ele – que ninguém me chama de amigo de modo tão bonito". E finalmente o Lupicínio rendeu-se ao amor daqueles dois amigos...

– A Eugênia – prosseguiu o Belquior com seus esclarecimentos –, mostra-se com todo esse poder somente para aqueles que vibram na mesma sintonia que ela. Saiba Lupicínio, que aquele que vibra em sintonia diferente da Eugênia, ou seja, que vibra na Luz de Deus, não tem medo dela nem tampouco se submete aos seus caprichos. Lembre-se que no momento em que a Bastiana orou fervorosamente o quarto do

Leopoldo inundou-se de luz e a Eugênia não conseguiu mais intuir o Leopoldo.

"Você mesmo já presenciou milhares de falanges de espíritos de luz dentro do castelo a resgatarem irmãos e irmãs que solicitaram auxílio de modo verdadeiro e do fundo de seus corações e o receberam."

– A Eugênia nada consegue com os da luz! – Falou o Lupicínio. – Acho até que ela tem medo deles, embora não o demonstre. Eu já tinha notado isso.

– Pense comigo, irmão Lupicínio – falou a Lucinda: a Eugênia não sai por aí pegando pessoas e as faz suas escravas. São as pessoas por sintonia de pensamentos, sentimentos, emoções, palavras, crenças, ações e reações que a procuram e pedem "ajuda" para cometerem vinganças contra aqueles que acreditam serem seus desafetos. E esses, os desafetos, também, ao vibrarem na mesma sintonia do castelo, para lá "se deixam" levar. Somente se domina quem se deixa dominar. Esses irmãos e irmãs compreenderão um dia que a ninguém é dado o direito de vingar-se.

"E você Lupicínio na cegueira do seu desejo de vingança se deixou dominar pela Eugênia. Agora chegou o momento de libertar-se de todos esses sentimentos e ações negativas e destruidores meu irmão. Aceite Deus novamente em seu coração. Sinta-O dentro de você.

– Aceito ir com vocês e não tenho nem palavras para agradecer. Só que eu tenho muita vergonha dos meus sentimentos, dos meus pensamentos e de todas as atrocidades que eu já cometi.

– Como você diz: "já cometeu" e não quer cometer mais. Isso é excelente E a essa sua decisão dá-se o nome de "despertar" em Deus.

E o Lupicínio olhou atentamente o Leopoldo estendido na cama... Pensou: "meu Deus... Quanto mal eu causei a ele e a tantas outras pessoas. Sinto uma culpa enorme corroer todo o meu ser.

O Belquior ao ler o pensamento do Lupicínio falou carinhosamente:

– O que acha de parar de se lamentar? Permita-se iniciar uma nova vida. Que tal se perdoar e avançar rumo ao progresso espiritual? E no que diz respeito ao Leopoldo saiba que, assim como nós, ele é filho de

Deus, por Ele está protegido e encontrará o seu caminho. "Cada qual no o seu devido tempo e ritmo de aprendizado."

– Estou me sentindo mais leve. Trata-se de um sentimento de paz depois de séculos. Tenho somente mais uma pergunta: por que vocês somente apareceram agora para me ajudar?

– Você sempre esteve a ser auxiliado pelos trabalhadores de Deus. Faz algum tempo que essa missão a nós dois foi passada e a aceitamos muito honrados. Além de nós há infinitos obreiros de Deus que o acompanham e o auxiliam em sua evolução. Isso se dá com todos os filhos de Deus sem uma única exceção sequer.

"Saiba que você já nos viu algumas vezes, porém nos repeliu e disso não se recorda. Esta é a primeira vez que aceita conversar conosco. E não precisa ficar envergonhado e abaixar a cabeça como o faz agora mais uma vez. Por favor, levante a cabeça e olhe para meus olhos e nos da Lucinda – pediu carinhosamente o Belquior.

Lupicínio ainda envergonhado levantou vagarosamente a cabeça para finalmente olhar dentro dos olhos amorosos dos dois amigos e disse:

– Seus olhos brilham demais. Eles emanam tanto amor. Nunca vi nada igual. Mas e o Leopoldo? O que será dele? Pelo que vejo, não demora e ele deixará o corpo físico. Está a cada dia mais debilitado. Estou muito preocupado com ele. Cometi muitas maldades e fui injusto com ele. Meu coração corrói de dor por ele. Quero ajudá-lo. Podemos orar por ele, embora eu nem me lembre como se reza...

Os dois irmãos Lucinda e Belquior fizeram com que o Lupicínio se levantasse, formaram um círculo de mãos dadas e pediram para que o Lupicínio dissesse o que saísse do seu coração. Vagarosamente ele pediu que Deus auxiliasse o Leopoldo e que ele superasse seu desejo de suicídio, retomasse sua vida e se lembrasse que Deus habita dentro do seu ser.

– Parabéns pela bela oração que com certeza muito bem faz ao nosso irmão Leopoldo – comentou a Lucinda que prosseguiu em suas palavras:

– E agora, neste momento, nós pedimos que você Lupicínio, por favor, se desapegue do Leopoldo. Quando pensar nele envie energias de amor – disse o Belquior. Lupicínio: liberte o Leopoldo que você se libertará! Ele está debilitado porque decidiu por livre e espontânea vontade parar de comer e não mais sair do seu quarto. Ele nasceu como Leopoldo para entre outras lições superar o medo da vida. Cabe a ele compreender que tem a força de Deus dentro de si e agir com amor contra o sentimento derrotista.

"E agora, por favor, irmão Lupicínio, deite-se nesta maca. Na "Casa do Acolhimento em Deus" você terá a oportunidade de aprender a encontrar a sua paz interior. E poderá, inclusive, meditar olhando um lindo lago que tem por lá que se chama: "os cristais do fundo do lago".

E pontos luminosos foram visto ao longe no firmamento... Eram os dois irmãos Lucinda e Belquior a levarem o Lupicínio, agora calmo e adormecido, para a bela e abençoada cidade espiritual "Casa do Acolhimento em Deus".

Capítulo VIII

Desejo de viver

E a Bastiana agradeceu a Deus, a Jesus, à Mãe Maria e aos espíritos iluminados pela sensação de leveza e paz que preencheu todo o seu ser.

– Meu fio querido, os esprito de luiz vieram aqui e ajudarum ocê. Sente como tá leve o ar desse quarto. Eles levô o esprito sofredô que tava atráis de ocê. Agora é cum ocê. Reage meu fio. Num desisti da vida pelo amor de Deus e Nosso Senhô Jesus Cristo...

Tentei abrir os olhos, mas logo os fechei, pois não tinha mais forças físicas para mantê-los abertos e nem queria abri-los. A Bastiana, incansável, continuou a orar. Fez com que eu tomasse um caldo de galinha e enquanto eu tomava a primeira colherada, ouvimos um enorme estrondo. Era o meu pai que abriu a porta do meu quarto através de chutes. Aos gritos ele disse que a minha tristeza não passava de "frescurinha de mulherzinha", arrastou-me pelas pernas para fora de casa, ordenou que seu empregado Donato me jogasse dentro de uma carroça e que eu fosse levado para um hospício não muito distante da região em que morávamos.

– E quanto a você Bastiana, suma das minhas terras, caso contrário hoje mesmo te despacho para o quinto dos infernos – gritou meu pai.

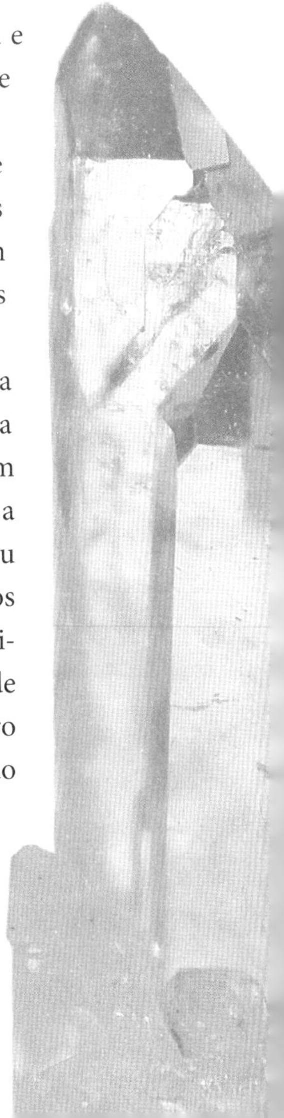

A Bastiana correu atrás da carroça e implorou para que o Donato a ajudasse a me esconder e não me levasse para o tal lugar. Mas o Donato não lhe deu ouvidos. E eu, jogado na parte detrás da carroça, mal conseguia respirar, devido às dores que sentia com o chacoalhar da carroça, já que com o corpo debilitado, eu mais parecia um amontoado de ossos.

Desesperada, a Bastiana saiu da fazenda e correu à casa do Raimundo que lhe deu guarida. Lá ela encontrou a Mariana e contou a todos o ocorrido. Eles ajoelharam-se e oraram a Deus para que os iluminassem a encontrarem o melhor caminho para me salvar, pois sabiam que era muito raro alguém sair vivo de sanatórios naquele início do século XX.

Tão logo cheguei ao sanatório eu fui carregado e praticamente jogado sobre uma cama dentro de um quarto malcheiroso e frio. Senti um calafrio de pavor percorrer todo o meu corpo. Amarraram os meus os pés e os pulsos na cama e aplicaram-me choques na cabeça. Senti dores insuportáveis e desmaiei.

Acreditei que estava desta vez, eu, realmente, estava à beira da morte e senti muito medo. Pela primeira vez desde que me deixei ficar largado no quarto da fazenda perguntei a mim mesmo: por que você quer tanto morrer Leopoldo? Será que você quer mesmo morrer? Ora, se quer morrer deveria estar satisfeito, pois aqui neste lugar isso não demorará a acontecer. Senti pavor. Senti um prenúncio de arrependimento em ter desistido da minha vida. E um desejo de querer viver começou, devagar, a nascer dentro de mim.

Dentro do quarto eu perdi a noção de tempo. Não havia janelas. Eu nunca sabia se era noite ou dia. A maior parte do tempo eu passava desmaiado devido aos choques e medicamentos. E percebi que nos momentos em que eu tentava esboçar alguma palavra, tinha a impressão de que aumentavam as torturantes sessões de choques e faziam com que eu tomasse doses maiores de medicação. Perdi o controle das minhas necessidades fisiológicas. Eu vivia sujo, pois me limpavam vez ou outra.

Até que resolvi fingir que eu estava desmaiado toda vez que eu percebia passos no corredor de pessoas que talvez entrassem no quarto. Assim, com o corpo inerte e aparência de cadáver, diminuíram as sessões de choques e as doses medicamentosas. Com menos choques e remédios comecei a ficar alerta. Passei a ansiar a sair daquele horrível lugar. O que ocorre aqui são assassinatos – pensava. Eu sabia da existência desse tipo de lugar, mas agora vivendo a experiência fiquei completamente indignado. As pessoas internadas não eram tratadas, mas sim assassinadas. Assassinatos esses aceitos pela sociedade. Tenho que fazer algo. Mas como eu vou sair daqui? E percebi que passei a ansiar pela vida. Orava fervorosamente a Deus para que eu tivesse a chance de ser salvo. Arrependido, eu pedia perdão a Deus e a Jesus.

E foi em um desses momentos de conversa com Deus e Jesus que percebi entrarem pessoas no meu quarto. Como sempre, fingi estar desmaiado e ouvi a conversa de dois enfermeiros:

– Este aí está praticamente morto. Mais alguns choques e não sobreviverá – disse o enfermeiro Leonel.

– Coitado. Olha só para ele. É um amontoado de ossos. Mas será que ele é louco realmente? Duvido. Agente sabe que os pacientes que estão internados neste hospício não são loucos. Estão aqui por ordens da própria família. Mas... Por que será que o pai desse coitado ordenou que o prendessem aqui para que ele morresse? Você sabe de alguma coisa? Perguntou o enfermeiro Joaquim em tom baixo de voz, pois esse tipo de assunto era proibido entre todos os trabalhadores do sanatório.

– Cuidado... Fale mais baixo. Você sabe que as famílias prendem esses coitados aqui por acreditam que eles lhes perturbam e envergonham, ou, o que é mais comum, os pacientes são acusados de loucos por seus próprios familiares para que suas heranças sejam roubadas.

– Mas tudo isso é muito triste. Não é justo – falou o Joaquim de modo pensativo. Será que nós estamos fazendo a coisa certa? Nosso trabalho é sujo e criminoso. As medicações e os choques que ministramos nesses pobres coitados os levam à morte. Por isso, nós somos, também, responsáveis pela morte dessas pessoas. Somos assassinos. Eu ando me sentindo muito mal com tudo isso. Antigamente eu nem pensava nessas coisas... Pensava só no meu emprego e no miserável salário. Mas de uns tempos para cá... Desde que esse doutor Leopoldo chegou, eu estou começando a ficar com a consciência pesada e com nojo do meu trabalho.

– Meu Deus, Joaquim, você está ficando louco? Se alguém te escuta falar assim você é que será internado como demente. Pare com isso. Façamos nosso trabalho e pronto. Não temos responsabilidades com essa sujeira. Só fazemos o que nos ordenam e pronto.

– Não concordo. Nós temos, sim, responsabilidade por nossos atos. Temos, sim, consciência do trabalho sujo deste lugar... Não somos marionetes dos médicos que trabalham aqui e mandam que apliquemos choques e mais choques. Agente pensa. Sabemos que é um absurdo o que acontece aqui.

– Então pare de pensar e vamos dar mais um choque no Leopoldo para ver se ele morre logo e acabamos com isso. E quer saber? Não esquenta a cabeça, nosso trabalho está dentro da lei. Não somos criminosos e não estamos fazendo nada de errado. Estamos cumprindo ordens médicas para com os loucos que são um perigo social...

– Mas Leonel: fazer um trabalho dentro da lei não significa que seja dentro das Leis de Deus de amor e caridade e que seja ético e moral. As leis dos homens, embora necessárias, ainda são muito falhas e precisam sempre ser reavaliadas. E tem outra coisa. É claro que esse trabalho não é legal. Nós estamos burlando as leis. Os laudos dos médicos que apontam demência nas pessoas são falsos. E todos que trabalham aqui sabem disso. De uns tempos para cá não consigo parar de pensar nessas coisas. Minha consciência está pesada demais. Eu não estou mais aguentando participar dessa sujeira toda. Sinto-me um assassino. Aliás, eu sou um assassino. Ando me sentindo muito mal neste lugar. E você também, vive a se queixar de dores de estômago. Vejo-o vomitar quase todos os dias...

– Cala a sua boca – falou o Leonel. – Enlouqueceu? Cuida da sua vida que eu cuido da minha. Preste atenção com o que você diz caso contrário eu vou denunciá-lo, dizer que enlouqueceu e interná-lo aqui...

"Este aqui – e o apontou para mim –, da mesma maneira que os outros internos são filhos e filhas de gente poderosa, rica e perigosa. Mexer com essa gente é morte na certa. A maioria é filho de coronel e você sabe que muitos coronéis mandam matar pessoas, assim como trocam suas roupas. Portanto, por favor, Joaquim, limite-se a fazer o seu trabalho. Você é o responsável por aplicar as medicações e choques nesse coitado.

"E eu não entendo como ele ainda está vivo. Acredito que com mais uma única sessão de choques ele finalmente morrerá e será menos um para cuidarmos. Sabe do que mais? Por mim dava choques nele agora mesmo, mas tenho outros afazeres mais importantes no momento. Deixa para depois, veja, ele está desmaiado, talvez morra antes da próxima sessão. Fique aqui e limpe um pouco esse coitado. O cheiro de fezes, urina e vômito está insuportável"

E o enfermeiro Leonel saiu do quarto acompanhado de irmãos e irmãs sofredores que desencarnaram com os choques por ele aplicados. Seguiam todos os passos Leonel para se vingarem. Enviavam péssimas energias para o estômago do enfermeiro que sentia muitas dores e vomitava praticamente tudo o que ingeria. Estava adoecendo a olhos vistos. Do Plano Espiritual via-se seu corpo físico e espiritual envolto em densas e negras energias.

Mantive meus de olhos fechados. Estava estarrecido com o diálogo e tive uma forte impressão de que eu já ouvira esse diálogo anteriormente, mas não me recordava onde e nem tampouco quando. E o desespero tomou conta de mim que clamava a Deus por ajuda para viver! Mas eu sabia que tinha muito pouco tempo de vida, meu coração já batia de maneira fraca e irregular.

Lembrei-me do Raimundo, da Glória e da benzedeira Maria, que apesar de toda a miséria em que viviam jamais haviam desistido da vida. Ao contrário, eles não perdiam a fé e, ainda, faziam tudo o que podiam para aliviar a dor das pessoas. E a Bastiana? Ah! A minha amada bela mãezinha! Quanto sofrimento eu estava a lhe causar. E a Mariana? Devia estar desapontada comigo.

Eu jamais passei fome. Tive a oportunidade de estudar e com certeza para o propósito de auxiliar as pessoas. Percebi que tinha muito mais motivos para viver do que para morrer. Aliás, eu não tinha motivos para querer morrer. Quero viver – meu coração gritou! E lembrei-me da figura de Jesus. Mais uma vez eu pedi perdão a Deus e, também, a ajuda dele e de Jesus. Eu preciso viver. Quero viver. Deus abençoa-me com esta vida. Eu não quero mais jogá-la fora. Ajude-me, Deus, a sair daqui, por favor!

Aos poucos eu senti força e paz interior e com esses sentimentos me permiti receber as doces, suaves e curativas energias enviadas pelo Belquior e pela Lucinda. Ouvi, ainda, suas palavras, embora acreditasse que elas fossem fruto do meu pensamento: "Leopoldo, você é Luz! Você é filho de Deus! Deus te ampara em todos os momentos! Para todas as situações há soluções. Você é amor! Você é forte na luz de Deus e em Deus para agir! Você é maravilhoso! Escolha pela vida sempre".

Tais palavras fortaleceram meu ser. Mas como vou sair daqui? Mal consigo mexer um dedo. "Tenha fé", escutei. E saí do meu devaneio ao me assustar com a voz do enfermeiro Joaquim a falar ao meu ouvido com um tom de voz bem baixo:

– Meu amigo, consegue abrir os olhos?

Resolvi não me mover. Como eu poderia confiar em alguém dentro daquele lugar?

– Meu amigo, meu nome é Joaquim. – É errado o que se passa neste lugar. Não sei de que forma, mas eu vou tentar ajudá-lo. Não posso mais ser conivente com o trabalho sujo deste lugar. Você precisa confiar em mim, pois será a primeira pessoa que eu ajudarei. E eu prometo que se conseguir te tirar daqui com vida eu vou dedicar o resto dos meus dias para acabar com lugares como este.

Resolvi abrir os olhos para alívio do enfermeiro Joaquim...

– Percebi que você finge que dorme. Você quer se salvar. E foi esse sentimento que me chamou a atenção e eu comecei a me questionar a respeito deste trabalho sórdido que acontece aqui. Muito obrigada. Ao te observar eu despertei.

"Por favor, continue fingindo que está desmaiado o todo o tempo. Vou parar de fazer com que tome medicamentos e dar fim aos choques.

Para isso arranjarei um jeito de enganar meu chefe direto, o enfermeiro Leonel. E ao invés de alimentá-lo uma vez por dia, vou tentar trazer comida de manhã e no final da tarde."

E enquanto falava, o Joaquim permitia-se receber raios de luz dos espíritos Lucinda e Belquior.

– Desde que você chegou há uma senhora que passa o dia todo em frente ao portão de entrada deste sanatório. Ela diz aos médicos e enfermeiros, que entram e saem daqui, que você não é louco. Pede para que a deixem tirá-lo daqui. Já escutei, inclusive, ela pedir aos médicos que a internem junto de você. Porém, ninguém dá a mínima atenção e aqueles que se "dignam" a olhá-la a chamam de negra imunda e a mandam embora. Pelo que soube por enfermeiros que trabalham comigo, ela mora pelas ruas e se alimenta da caridade de algumas pessoas da vizinhança deste sanatório, que sabem o horror que se passa aqui dentro.

"Só que ela é insistente. Não desiste. E o que mais me espanta é que ninguém a expulsou ainda daqui. Digo isso, pois a ninguém é permitida a permanência em frente ao portão. Vou dar um jeito de falar com essa mulher. Encontraremos uma forma de tirá-lo daqui. Você será o primeiro a ser salvo. Por favor, pisque uma vez para eu saber que entendeu tudo o que eu falei.

Pisquei uma vez e consegui falar com muita dificuldade que o nome da tal mulher é Bastiana. Eu tinha certeza de que era ela. Só podia ser ela.

– Muito bem. Hoje mesmo falarei com ela.

Pisquei mais uma vez, consegui falar obrigado, o enfermeiro me limpou e saiu apressado do quarto para não levantar suspeitas. Tão logo chegou seu horário de saída; o Joaquim passou pelo portão, que foi aberto por dois vigilantes. Olhou para a Bastiana que, como sempre, estava parada atrás dos portões e seus olhares se entenderam.

Na verdade, ali ocorreu uma transmissão de pensamentos. Um percebeu que podia confiar no outro. Foi um olhar e encontro de almas que vibraram na mesma sintonia. A Bastiana continuou atrás do portão e aguardou o Joaquim se afastar. Assim que ele entrou em uma rua na qual os vigilantes não tinham visão, a Bastiana esperou ainda mais uns vinte minutos para não levantar suspeitas e foi ao encontro do enfermeiro.

Dirigiu-se a rua onde o enfermeiro deveria estar e assim que o viu, disparou a falar:

– Eu sei que ocê trabaia aí dentro desse lugar. Meu nome é Bastiana. E percebo nos seu óio que eu posso confiá em ocê. Por amor de Deus e Nosso Senhô Jesus Cristo, cumo qui tá o meu menino Leopoldo? Tô desesperada. Lá dentro ele vai morrê. Deus nos ajude. Ocê vai ajudá ele, né meu fio?

– Meu nome é Joaquim. Vamos nos afastar mais do sanatório. Ninguém pode me ver falar com a senhora. Tenho medo que nos descubram. Bem... Eu, ainda, trabalho naquele lugar imundo. Quero salvar as pessoas que estão lá.

– Eu preciso sarvá o menino Leopoldo. Como nóis vai fazê pra tirá o meu menino daquele lugar?

– Minha senhora: vamos pensar e descobrir um meio para isso. Só digo que jamais soube de alguma fuga bem-sucedida. Sei de algumas tentativas, mas quando isso acontece os pacientes são dopados mais rapidamente até a morte e quem auxilia na fuga é enviado à prisão.

– Então nóis vai fazê a primeira fulga que vai dá certo. Pra Deus tudo é possível, meu fio. Eu tenho uns amigo qui qué ajuda mais num sabe como. Ocê pode ir comigo pra casa do meu amigo Raimundo?

O Joaquim, mesmo sem saber quem era o Raimundo concordou com um sinal afirmativo da cabeça, alugou uma carroça e seguiram rumo a casa dele. Lá estavam reunidos o Raimundo, a Glória e a Mariana.

– Agora nóis vai conversá pra encontrá uma saída – falou a Bastiana.

E todos pensativos, fecharam os olhos e rezaram um Pai Nosso de mãos dadas de modo a fazerem uma corrente positiva de pensamentos.

– Meus amigos – falou o Joaquim calmamente –, eu não sei explicar, mas de repente surgiu algo em minha cabeça que talvez possamos colocar em prática para salvar o doutor Leopoldo. Depois pensarei sobre o que fazer com os outros pacientes. Vamos por partes. Um de cada vez.

"O doutor Leopoldo precisará parecer morto. É o único meio de tirá-lo de lá. Explico: a medicação principal que é dada aos pacientes mata aos poucos ou de uma única vez. Tudo depende da dose. Eu farei com que ele tome uma dose que fará com que seu corpo pareça estar morto. Ele dormirá por algumas horas.

"Com a aparência de morto eu comunicarei ao meu chefe, enfermeiro Leonel, que o doutor Leopoldo morreu. E isso durante madrugada, por volta das três horas, momento em que ele, os outros enfermeiros e os médicos cochilam e até dormem. Acredito que o Leonel, sonolento, não desconfiará de nada e provavelmente nem queira ver o corpo. Ao contrário, ele vai sentir alívio pela "morte" do doutor, já que naquele sanatório ninguém entende como o doutor Leopoldo possa ainda estar vivo, pois o seu gravíssimo estado. Além disso, sei que o diretor do sanatório foi questionado faz poucos dias pelo pai do doutor Leopoldo por qual motivo o seu filho ainda estaria vivo."

– Cruz credo! Que tristeza! Benzeu-se a Bastiana.

– Assim, – prosseguiu o Joaquim –, o Leonel me dará autorização para que eu leve sozinho o "corpo" do doutor ao necrotério. Por sorte o necrotério fica em uma construção na parte detrás do sanatório. E ninguém que trabalha no sanatório gosta de chegar perto do local principalmente de madrugada. Todos têm medo. Dizem que há almas penadas a vagarem por ali.

"Permanecem no necrotério somente os profissionais que trabalham com os corpos. Mas esse trabalho acontece só durante o dia. Quando algum paciente morre de madrugada, leva-se o corpo ao necrotério e lá ele fica até o dia seguinte. Desse modo, com o doutor Leopoldo no necrotério eu abrirei o portão dos fundos. A partir daí precisarei do auxílio do Raimundo."

– Tô à disposição – falou o Raimundo.

– Ótimo. Aberto o portão, você Raimundo entrará disfarçado de enfermeiro no necrotério e me ajudará a carregar o doutor para fora e fugirmos de carroça. Colocaremos o doutor na parte detrás da carroça e o cobriremos com feno. O plano será executado na madrugada de amanhã, dia do meu plantão.

"Mas antes disso ainda passo por aqui para dar um uniforme de enfermeiro ao Raimundo que deverá vesti-lo escondido, quando chegar aos fundos do sanatório. E que Deus nos ajude!"

Capítulo IX

Tratamento amoroso e sagrado e a "Casa do Acolhimento em Deus"

Enquanto o Joaquim c o Raimundo se preparavam para colocarem o plano em prática eu aguardava ansiosamente ouvir a voz do Joaquim para me ajudar a sair daquele suplício. Não soube quanto tempo esperei. Pareceu-me uma eternidade até que senti um enorme alívio ao escutar o Joaquim sussurrar em meu ouvido os detalhes do plano de fuga que aconteceria naquele momento.

Exultei de alegria e ao mesmo tempo eu me desesperei, uma vez que eu sabia de casos de pessoas que eram enterradas vivas após receberem tais medicamentos. Abri um pouco os olhos e olhei apavorado para o Joaquim. Consegui balbuciar que queria muito viver. Ele me pediu para ter fé em Deus, pois tudo daria certo. Lembro-me, então, de o Joaquim me dar à medicação, pedir a Deus que nos ajudasse e cai num sono profundo.

Após certo tempo que eu não sei precisar, acordei e levei o maior susto ao ver meu corpo físico inerte na cama sendo enrolado em um lençol pelo Joaquim. Olhei para

mim, suspenso no ar. Apalpei-me e percebi que eu flutuava pelo quarto. Entrei em estado de choque. Eu estava morto!

– Meu Deus! Gritei apavorado. O que está acontecendo comigo? A dose da medicação foi letal. Não! Não! Não! Não quero morrer! Mas se estou morto como posso tocar meu corpo e pensar normalmente como se eu estivesse vivo? Eu continuo como se estivesse vivo. Meu Deus! A vida não acaba com a morte. Eu continuo igual! Mas eu, ainda, quero e preciso viver na Terra. A vida vale mais do que a rejeição que sinto por parte do meu pai. A vida é a vida. Vale mais que tudo. Deus me perdoe! Eu juro que jamais desejarei novamente a minha morte. Eu me arrependo de ter querido morrer. Deus, por favor, me devolva à vida. Eu tenho muito trabalho a fazer na Terra. Sinto que não era o momento de eu morrer. Eu é que encurtei o meu tempo na Terra. Por favor. Eu imploro, e ajoelhei-me no chão do quarto a chorar desesperadamente e a pedir perdão a Deus.

– A vida é eterna meu amigo – eu escutei e não sabia de onde vinha a voz muito suave. O que você viu sendo enrolado no lençol é o seu corpo físico. O corpo que você sente e toca, agora, é o seu corpo espiritual – falou um homem que se fez aparecer ao lado de uma mulher, suspensos no ar e envoltos em uma linda luz ora na cor branca, ora rosa e ora azul celeste, a qual inundou o meu corpo e o quarto.

– Quem são vocês? O que vocês fazem aqui? O que está acontecendo comigo? Vocês são santos?

Os dois me olharam amorosamente. E eu não entendi de que modo, mas consegui captar seus pensamentos ao se apresentarem como Lucinda e Belquior. Disseram-me que não eram santos. Muitíssimo longe disso. Eram tão somente meus irmãos e amigos, obreiros de Deus, no caminho da evolução espiritual, assim como eu. Senti o amor que emanava de seus corações e esse sentimento fez com que meu coração desacelerasse aos poucos. Mais tranquilo, pude observar aquelas duas pessoas cheias de luz.

A Lucinda é uma mulher muito bela com aparência angelical e parece ter aproximados quarenta anos terrenos, mas sem nenhuma marca do tempo em seu rosto ou corpo como ocorre quando estamos encarnados na Terra Física. Possui cerca de um metro e noventa de altura, pele, olhos e cabelo negros compridos e amarrados em uma linda trança que desce pelas suas costas. Trajava-se com um belíssimo e ao mesmo tempo simples vestido longo até os pés. Suaves pinturas cobriam todo o vestido que representavam, na parte da frente, à imagem de uma praia paradisíaca no nascer do Sol, que se transformava, nas laterais do vestido, num belíssimo pôr do Sol, para finalmente na parte de trás vermos a pintura de uma noite coalhada de estrelas com suaves ondas na areia branca da praia. O Belquior muito belo, se mostrou com a aparência de um homem de aproximados dois metros de altura e cerca de sessenta anos terrenos, embora não apresentasse rugas como os encarnados desta idade. Pele muito clara, barba aparada e cabelos bem curtos, totalmente brancos.

Vestia-se com uma calça na cor creme claro quase beirando ao branco e uma túnica com mangas que cobriam seus braços da mesma cor da calça, porém um pouco mais intensa. Na lateral do lado de fora de cada uma das pernas da calça havia maravilhosos bordados que pareciam serem feitos de, para termos pobres de comparação com o Plano Terreno, cristais esverdeados. Os bordados, cada qual com o formato de um símbolo do número oito irradiavam luz esverdeada. Cada símbolo se apresentava com aproximados sete centímetros, posicionados na vertical, ou seja, dispostos um seguido ao outro, desde barra da calça até o quadril.

Na túnica havia o mesmo bordado, porém, um único dele disposto na horizontal com aproximados 21 centímetros e situado no centro do peito do Belquior. Fiquei embasbacado com tanta beleza e ao mesmo tempo simplicidade desses dois irmãos. Senti uma paz indescritível e soube tempos depois que a beleza de irmãos e irmãs que se encontram no mundo espiritual, bem como as vestes que utilizam reflete seus estados de espírito.

Eu me perguntei se o símbolo do número oito significaria "vida infinita". O Belquior ao ler meus pensamentos transmitiu também, via pensamento, a explicação no sentido de que "vida infinita" trata-se de um entre os milhares de significados que esse símbolo representa. Significados esses que o homem do plano físico ainda desconhece, mas que são desvendados conforme a sua evolução espiritual. Mas algo ainda mais me surpreendeu: o Belquior e a Lucinda pediram que eu me deitasse em uma maca que se materializou espiritualmente suspensa ao ar a partir do pensamento dos dois irmãos.

Deitei-me e os dois irmãos fecharam os olhos. Fizeram a oração do Pai Nosso, Creio em Deus Pai e Ave Maria. Pronunciaram outras orações cujas palavras, neste momento, por mim eram desconhecidas[27]. Depois, mantiveram-se em silêncio. Senti que esse silêncio era uma quietude interna. Pareceu-me que os dois irmãos meditavam. Enquanto isso percebia que eu relaxava o corpo, a mente e o coração. Até que o Belquior aproximou sua mão direita do bordado da túnica, porém sem tocá-lo. O bordado "saiu" da túnica e "transportou-se" para a palma da mão direita do Belquior, sem, contudo, tocá-la. O símbolo flutuava no ar. E de seus vinte e um centímetros o bordado diminuiu ao tamanho da área da palma mão do Belquior.

O bordado passou, então, a irradiar uma luz verde mais intensa do que emitia enquanto "preso" à túnica. O Belquior virou a palma de sua mão com o símbolo, a flutuar, e o direcionou primeiramente sobre o meu coração, depois ao cérebro para então passar por todo o meu corpo. Sentia-me cada vez mais leve e relaxado inundado por toda aquela luz. Percebi que os meus olhos se fecharam tranquilos. Mas eu continuei a enxergar tudo, calmamente, através do que me pareceu ser um ponto do centro da minha testa.

E enquanto o Belquior fazia o seu trabalho a Lucinda irradiava luz diretamente nos incontáveis bilhões de pontos de entrada de energia do meu corpo. A impressão que eu tive é que cada um desses pontos

---

27. Soube tempos depois que essas palavras foram pronunciadas pela Lucinda e pelo Belquior numa língua, que em um futuro ainda muito distante será falada e compreendida por todos os habitantes da Terra física. (Nota do Leopoldo).

representava uma célula do meu organismo. Cada ponto recebeu, individualmente, um jato energético de luz com uma cor específica. A maioria dessas cores e suas tonalidades são, ainda, imperceptíveis aos olhos do corpo físico do plano terreno. Embora saibamos que todas elas são desvendadas dia a dia conforme a evolução espiritual do ser humano. Por outro lado, eu identifiquei as seguintes cores, todavia, com tonalidades por nós conhecidas e, também, desconhecidas: azul celeste, azul índigo, turquesa, amarelo, dourado, laranja, rosa, rubi, branco, verde, lilás e violeta.

Além da irradiação das cores eu senti o perfume de muitas flores conhecidas e desconhecidas do plano terreno. Cada célula do meu corpo recebia um aroma diferente e o conjunto desses aromas gerou um perfume muito suave. Conforme eu inspirava e expirava o maravilhoso perfume que inundava meu corpo, os dois irmãos entoavam lindos cânticos na língua portuguesa com as palavras amor, paz, serenidade, compaixão e perdão. E eu me senti completamente equilibrado energeticamente como nunca havia vislumbrado no plano físico.

O Belquior, então, fez com que o símbolo se tornasse infinitas vezes menor do que um grão de arroz; flutuasse sobre a minha nuca e irradiasse luz prateada sobre um ponto específico no qual foi aberto um orifício e o símbolo adentrou o meu cérebro. Não senti dor alguma. Percebi que o símbolo se fixou numa parte do hemisfério direito do cérebro; abriu minúsculas garras e retirou desse local um aparelho[28] negro, imundo e muito mal cheiroso, momento em que senti um formigamento por todo o corpo. Esse aparelho, instalado pela Eugênia, era o foco de onde as energias extremamente densas e de baixíssima vibração eram irradiadas para todo o meu cérebro.

A partir daí o símbolo encolheu os ganchos e guardou o aparelho dentro de si. No local do cérebro de onde foi retirado o aparelho

---

28. O aparelho é menor que a menor partícula já conhecida pela ciência física da Terra, mas o seu poder de destruição não depende do seu tamanho, depende do tamanho da força de vontade do seu idealizador em destruir o irmão ou irmã em que o aparelho foi implantado. (Nota do Leopoldo).

formou-se um minúsculo buraco, o qual foi inundado com luz branca pelo símbolo de número oito para: primeiro: a limpeza total do local e segundo: a irradiação de luzes curativas, de forma que o buraco foi preenchido com a luz e retomou o formato de um cérebro considerado normal pelos padrões da medicina da terra física do século XXI.

Após isso, o símbolo "passeou" por todo o meu cérebro a jorrar luz e desintegrar energias pesadas e densas que haviam sido espalhadas. Tais energias se desintegraram em partículas[29] da cor prateada que desapareceram por completo. Findo o trabalho, o símbolo, sempre sob o comando do Belquior, saiu de dentro meu cérebro pelo mesmo orifício por onde entrou, susteve-se ao irradiou luz ao orifício com a qual o fechou. Novamente não senti dor alguma.

Fora do cérebro o símbolo oito retornou o tamanho original de vinte e um centímetros; abriu os seus ganchos e posicionou o aparelho negro a flutuar sobre as palmas das mãos da Lucinda. O Belquior olhou o detidamente o aparelho e sob o seu comando mental fez com que o símbolo irradiasse luz prata até o aparelho se transformar primeiro numa gosma com cerca de vinte e um centímetros, mal cheirosa, negra e pastosa, para depois se desintegrar em minúsculas partículas[30] prateadas que desaparecerem totalmente. Neste momento, o símbolo posicionou-se novamente como um bordado na túnica e eu tive um espasmo. Meu corpo tremeu fortemente e serenou, aos poucas, com as luzes irradiadas das mãos dos dois amigos.

Soube pelo Belquior que a gosma era um aparelho desenvolvido por magos negros que habitam dimensões de baixíssima vibração do plano espiritual. E que desenvolvem esses aparelhos para prejudicarem profundamente irmãos e irmãs encarnados e/ou desencarnados. Mais orações e cânticos foram entoados pelos dois irmãos e mais luzes a mim foram por eles irradiadas. Olhei o meu corpo e tive a forte sensação de que eu

29. Partículas essas menores que a menor partícula já conhecida pela ciência física da Terra. (Nota do Leopoldo).

30. Partículas essas menores que a menor partícula já conhecida pela ciência física da Terra. (Nota do Leopoldo).

tinha sido desamarrado. A impressão era de liberdade, paz e amor de Deus em mim. Agradeci a Deus, a Jesus, a Mãe Maria e aos meus dois amigos Lucinda e Belquior.

Mas que espécie de tratamento seria aquele que recebi amorosamente dos irmãos Belquior e Lucinda? Como seria a técnica do símbolo de número oito? E as luzes irradiadas pelas mãos dos dois irmãos? Como se dariam tais processos? Será que um dia na Terra Física as cirurgias desenvolvidas pela ciência do plano físico serão feitas sem incisões, cortes e dores? O Belquior ao ler os meus pensamentos, respondeu:

– Sim. A ciência da Terra Física desenvolverá cirurgias sem cortes, dores e necessidade de anestesia. Nesse dia a ciência da dimensão física em que ora vivemos e a ciência espiritual, estarão se desenvolvendo cem por cento de mãos dadas e entrelaçadas como uma única ciência.

"De qualquer forma, Leopoldo, elucido que a tecnologia utilizada para o tratamento no cérebro do seu corpo espiritual através do aparelho com o símbolo do número oito é uma ferramenta desenvolvida e aprimorada incessantemente no plano espiritual por abnegados cientistas de Deus há milênios terrenos[31]. A ciência da Terra Física, ainda, não desenvolveu essa técnica, sendo certo que ela será desenvolvida no plano terreno paulatinamente conforme a evolução espiritual do homem.

"Portanto, por enquanto, somente irmãos e irmãs desencarnados, após anos de estudo no mundo espiritual têm conhecimentos para usar a técnica em questão, a qual pode ser aplicada em irmãos (as) desencarnados e também em encarnados (as), sendo que nestes, o tratamento é realizado durante seus estados de sono ou meditativo ou de concentração em orações.

"Mas por outro lado, chegará o dia em que não haverá mais doenças físicas, psíquicas e espirituais no plano físico e espiritual da Terra sobre os quais hoje temos conhecimento. Isso porque os corações de todos os

31. Falo em milênios de anos físicos atrás para situar o leitor no tempo terreno. Isso porque o tempo físico e o espiritual são completamente diferentes. Não existem termos para comparação. A sensação de um século no Plano Físico pode ser de um único segundo no mundo espiritual e vice-versa (Nota do Leopoldo).

seres humanos, encarnados e desencarnados terão compreendido o real significado do amor e da fraternidade universais, as quais reinarão por todo o ambiente físico e espiritual do Planeta Terra.

"Chegará o tempo em que a humanidade, encarnada e desencarnada, compreenderá e passará a agir uns para com os outros como irmãos e irmãs de uma única e grande família. Nesse tempo, o ser humano terá compreendido o verdadeiro significado de sermos todos irmãos e filhos de Deus. A humanidade deixará de se dividir por rótulos criados por ela própria, tais como questões religiosas, de língua, raças, países ou classe social. Esse tempo está a chegar. Não de um segundo ao outro, mas através de um processo de evolução pelo qual passam todos os seres humanos e o próprio Planeta Terra desde sempre e para sempre.

"E quanto à técnica de imposição de mãos para irradiar energias de amor, paz e curativas digo que todos nós, encarnados e desencarnados, temos a habilidade de fazê-la. Somos energia, portanto, temos a capacidade de a utilizarmos para o bem... E uma das maneiras de sentirmos a nossa energia é esfregar, por alguns segundos, as palmas das nossas mãos uma sobre a outra.

"Após esse movimento, afastemos as palmas das mãos por poucos centímetros uma da outra, sintamos a energia e a canalizemos para irmãos, irmãs, animais, água, plantas, ou seja, a toda a humanidade e ao Planeta Terra. Isso porque o receptor das energias não necessita estar fisicamente próximo ao canalizador. Pode estar a quilômetros de distância ou em outras dimensões, uma vez que a irradiação chega ao receptor, quer este esteja fisicamente perto ou não, através do pensamento daquele que envia a energia de amor, paz e cura.

"Mais. A energia de amor, paz e cura pode ser canalizada sem a necessidade da utilização das mãos, caso estas por algum motivo estejam impossibilitadas ou assim desejar o irradiador. Isso porque, repito: o alicerce à irradiação de energia é pensamento e sentimento no amor... E lembremos que o amado mestre Jesus impunha suas mãos amorosamente em irmãos e irmãs e fazia milagres...

"Porém, nenhuma irradiação de energia de amor, paz e cura age por si só. Sua eficácia depende fundamentalmente do paciente. Em outras palavras: aquele que deseja e aceita receber um tratamento do fundo do seu coração e de modo verdadeiro, obterá resultados diferentes daquele que recebe um tratamento, por exemplo, simplesmente por obrigação.

"Além disso, aceitar e receber um tratamento não basta. A cura de nós, seres humanos, está na eliminação de predisposições negativas. E isso se dá com uma mudança no padrão negativo de pensamentos, emoções, sentimentos, palavras, crenças e ações. Portanto, transformemo-nos para o bem e elevemos nossas vibrações! É um esforço necessário a ser feito em todos os instantes das nossas vidas."

E ao compreender esses maravilhosos ensinamentos, percebi que acalmei por completo. Fui convidado, então, pelos dois abnegados irmãos para acompanhá-los a uma abençoada cidade espiritual chamada "Casa do Acolhimento em Deus". Concordei feliz e adormeci para acordar suspenso no ar e amparado pela Lucinda e Belquior sobre a bela cidade.

Percebi que eu flutuava sobre um lindo lago com água cristalina e cristais translúcidos em seu fundo que irradiavam uma maravilhosa luz branca. O Belquior me disse que o nome desse maravilhoso lago é: "Os cristais do fundo do lago", que é rodeado por um gramado da cor verde muito intensa e brilhante, com canteiros de flores dispersas por todo o gramado. Flores essas com os mais diversos formatos, cores e perfumes, muitas dos quais desconheço suas existências, ainda, no plano físico. E subimos mais um pouco no ar para que eu pudesse ter uma imagem de toda a cidade. Fiquei sem palavras. A cidade é formada por um conjunto de florestas, montanhas, jardins, cachoeiras, construções e o lindo lago. Não existem animais peçonhentos e ferozes nesse abençoado lugar. E o conjunto todo da cidade é a imagem do consagrado Planeta Terra e o amado mestre Jesus a impor suas mãos e flamejar luz sobre todas as dimensões físicas e espirituais de toda a Terra.

Eu senti que essa imagem não é estática como um quadro, mas que tem vida própria, pois percebi que os fachos de luz, nas mais variadas cores por nós conhecidas e desconhecidas, que saem dos dedos das mãos da figura de Jesus alcançam a todos os seres encarnados e desencarnados do Planeta Terra e o próprio Planeta nas suas infinitas dimensões.

Descemos do ar e coloquei os meus pés descalços sobre o gramado. Senti uma extrema maciez. Ao olhar de perto vi que o gramado é formado por pequeninas folhas nos mais diversos tons vibrantes de verde, muitos desses ainda não possíveis de serem detectados através dos olhos físicos do plano terreno em que ora nos encontramos. As folhas apresentam inúmeros formatos. Há folhas em forma de: coração, anjos e arcanjos celestiais, gotas de água, cachoeiras, pássaros, flores, fadas, notas musicais, obras de arte como pinturas e esculturas, além de símbolos e figuras geométricas não conhecidas do Plano Físico.

O grande lago com os cristais ao fundo tem a forma de um círculo e a partir de cerca de dez quilômetros de sua borda, o lago passa a ser circundado por belíssimas e incontáveis construções em meio a florestas exuberantes. As árvores possuem os mais variados tamanhos e feições com seus galhos repletos de flores e frutas, cuja maioria eu jamais havia visto. Os suaves perfumes das árvores e a música que toca por toda a cidade inundam todo o ambiente e auxiliam os que se encontram nesta cidade a aprender a viver na paz interior de Deus e em Deus consigo próprio e com todos os irmãos e as irmãs.

A Lucinda e o Belquior me olharam sorrindo ante minha admiração com tudo o que eu via, sentia e ouvia. E pediram que eu os acompanhasse por uma trilha entre as árvores. Fiquei receoso de estar pisando em algo tão maravilhoso e sagrado como aquele gramado.

– Não se preocupe, falou a Lucinda ao ler meu pensamento –, você pisa neste abençoado tapete verde com sentimentos verdadeiros de respeito e amor ao meio ambiente. Você não está aqui para destruir a natureza e por essa razão, observe que os seus passos em nada danificam a grama, que permanece perfeita e iluminada.

Andamos cerca de trezentos metros pela trilha e paramos em frente a várias construções, cujas paredes são feitas de folhas, que davam a impressão de serem extremamente leves e suaves, porém ao tocá-las percebi que elas eram tão firmes quanto uma rocha. Essas edificações, enormes, não possuem portas ou portões. São abertas ao público. Entra-se por vastos saguões que são rodeados com incontáveis portas.

Entramos em uma dessas construções e ao centro do saguão havia um lindo piano de cauda, branco, que estava sendo tocado por um homem com aparência de uns oitenta anos terrenos, acompanhado por um grupo de jovens com seus violinos. Parei alguns instantes com meus amigos para escutarmos a música que estava sendo tocada, qual seja, "Sonho de Amor", de Franz Liszt. A emoção foi muito forte. Senti-me enlevado.

– Sejam muito bem-vindos irmãos – saudou a bela e doce recepcionista Aline que fez com que desviássemos a atenção da música. Ela dirigiu a nós três um amoroso sorriso e pediu que eu a acompanhasse. Por hora meus amigos se dedicariam a outros afazeres e em outra oportunidade se encontrariam comigo novamente. Abracei os dois maravilhosos amigos e deixei-me levar pelas mãos da Aline que percebendo minha curiosidade e vontade de fazer perguntas deixou-me à vontade.

– Você também está morta como eu? Perguntei.

A Aline deu mais um lindo sorriso e disse que caso pensemos na morte como renovação e jamais destruição, ela pedia a Deus para morrer todos os dias. Porém, naquele momento, seu corpo físico dormia[32] e enquanto isso ela trabalhava na cidade espiritual "Casa do Acolhimento em Deus" como voluntária.

– Jamais imaginaria que uma pessoa viva na Terra trabalhasse como voluntária no mundo espiritual. Como isso é possível?

– Quando estamos encarnados na Terra Física temos um corpo físico envolto por um corpo espiritual. No momento em que o corpo físico

32. No momento em que se passa esta história a Aline estava encarnada na Terra Física. Hoje, no século XXI terreno a Aline se encontra desencarnada. Somos grandes amigos. Moramos em cidades espirituais diferentes, mas sempre nos encontramos para conversas e realização de trabalhos edificantes que nos dão muita alegria. (Nota do Leopoldo).

dorme o corpo espiritual daquele se desprende parcialmente, uma vez permanecem ligados por meio de cordões energéticos.

"Durante esse desprender o corpo espiritual quebra as barreiras de tempo e espaço como os conhecemos na Terra Física. Com essa quebra de barreiras o espírito tem condições, por exemplo, de estar no Brasil e ir ao Japão em questão de segundos ou até menos. E também "viajar" por diversas dimensões. De todo modo, o espírito se desloca a lugares e se encontra com irmãos e irmãs encarnadas e/ou desencarnadas com os quais possui afinidades vibracionais.

"Por exemplo, um irmão ou uma irmã que passa o dia a consumir bebidas alcoólicas ou drogas, no momento do sono, por sintonia energética, possivelmente se dirigirá a lugares em que se encontram essas substâncias e pessoas que delas façam uso. Repito, é uma questão de sintonia energética.

"Com relação ao meu trabalho neste lugar eu o faço voluntariamente. Eu pedi, em minhas orações, a Deus, a Jesus e ao meu anjo guardião que eu pudesse trabalhar no mundo espiritual durante o meu estado de sono. Meu pedido foi analisado por obreiros de Deus que se dedicam, entre outros, a esse tipo de trabalho no mundo espiritual. Digo "entre outros", uma vez que os espíritos obreiros de Deus quanto mais evoluídos espiritualmente mais trabalham em incontáveis áreas e incessantemente.

"Bom... Após a análise do meu pedido e para a minha imensa alegria, obtive uma resposta positiva. E qual não foi a minha surpresa ao saber que a espiritualidade de luz sugeriu que eu realizasse no mundo espiritual o mesmo trabalho que executo na minha vida física!

"Fui convidada a trabalhar nesta abençoada cidade como recepcionista. Aceitei muito feliz. E fiz um curso de quatro nesta cidade[33] para exercer essa função e aqui estou há cerca de oito meses a exercer a profissão."

---

33. O tempo na dimensão terrena em que nos encontramos nada tem a ver com o tempo da dimensão espiritual em que se passa a minha conversa com a amável Aline. Ela fala em quatro anos terrenos para que o leitor e a leitora tenham uma referência. De todo modo, o curso por ela realizado se deu no tempo da dimensão espiritual. (Nota do Leopoldo).

– Mas por que os espíritos escolheram esta cidade para você trabalhar e na função de recepcionista?

– Porque é o melhor lugar e a melhor função, no momento, para o meu aprendizado rumo à evolução espiritual. Nada é ao acaso. Acaso é imperfeição e como Deus é perfeito "acaso" não existe! Assim, estou aqui para aprender principalmente a arte de cumprimentar e sorrir com o coração às pessoas que eu recebo e a todas elas dar valor sem quaisquer preconceitos ou julgamentos.

"Isso porque eu tenho enormes dificuldades para isso. Passava pelas pessoas sem dar ao menos "bom dia", "boa tarde" ou "boa noite" absorta em meus pensamentos e ao redor do meu "umbigo". Com o trabalho de recepcionista na Terra Física e, agora, também, no plano espiritual eu já apresento melhoras nos dois planos.

"Consigo, quase sempre, cumprimentar e sorrir às pessoas com carinho. Aliás, eu aprendi que no momento em que sorrimos e pronunciamos palavras de cumprimento de modo sincero estamos a irradiar luz! O cumprimentar-se e o pedir – por favor –, são bênçãos na Terra. Aliás, esses cumprimentos auxiliam a sanear a atmosfera terrestre."

– E quando você acorda no plano físico, lembra-se do trabalho que realiza nesta cidade?

– Vagamente. Fico com as impressões necessárias para o meu aprimoramento espiritual.

– E quem construiu esse abençoado lugar? Deus? Perguntei curioso.

– Um grupo de abnegados espíritos que trabalham para que o amor universal seja germinado e frutificado nos corações dos seres humanos. A fundação desta cidade se deu há aproximados quatro mil anos terrenos atrás, sendo que um dos maiores objetivos deste abençoado lugar, entre os milhares que possui é auxiliar, irmãos e irmãs, quer estejam no plano físico ou espiritual a aprenderem a solucionar suas questões psicológicas.

"Esta cidade – prosseguiu a Aline –, desloca-se sobre toda a América do Sul do Planeta Terra. Neste momento, encontra-se sobre as regiões norte e nordeste do amado Brasil".

– Qualquer pessoa pode entrar aqui? Perguntei.

– Entram todos aqueles que buscam verdadeiramente e de coração o entendimento de suas questões psicológicas com intuito de aprimoramento espiritual. Há irmãos e irmãs que possuem esses sentimentos de maneira inconsciente e que também são trazidos para cá e auxiliados. Cada caso é um caso. Sempre há o momento propício para que um irmão ou irmã seja levado a alguma cidade espiritual.

Assenti com um movimento da cabeça e paramos em frente a uma das portas que imediatamente foi aberta pelo lado de dentro por um senhor que se apresentou por Alfredo. Vestia-se como o Belquior, com exceção da cor de sua roupa, cuja calça era violeta clara e a túnica violeta em um tom forte. Recebi um abraço acolhedor, um largo e franco sorriso, o ouvi dizer que se sentia feliz com minha a presença e que eu era muito bem-vindo. Soube tempos depois, que ele também, assim como a Aline, estava encarnado na Terra e no momento desse nosso encontro seu corpo físico estava em estado de sono.

O irmão Alfredo e eu nos despedimos da Aline que nos concedeu outro lindo e sincero sorriso e eu segui com o amoroso senhor para uma sala aconchegante e acolhedora para darmos início a uma abençoada conversa...

Capítulo X

Abençoado diálogo

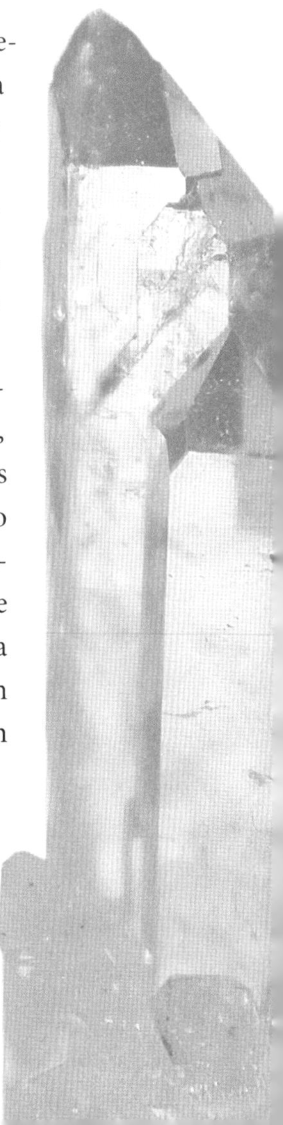

Depois de passarmos por inúmeros e compridos corredores o irmão Alfredo abriu uma porta feita do que parecia ser um cristal fosco na cor branca e convidou-me para entrar em uma sala. Senti-me acolhido no ambiente inundado com uma luz suave na cor azul claro, um perfume que parecia ser uma perfeita mistura de jasmim com sândalo e uma música, cujo ritmo suave e desconhecido por mim, auxiliou-me a acalmar ainda mais o coração e a mente.

O irmão Alfredo pediu que eu me sentasse em uma poltrona e ele fez o mesmo em outra a minha frente. Agradeci, sentei-me e olhei as paredes da sala pintadas em variados tons de azul, mais fortes próximos ao piso e mais suaves perto do teto. Em um dos cantos da sala vi uma pequena mesa branca com quatro cadeiras da mesma cor, mobília essa feita de um material que desconheço na terra física. Sobre a mesa encontravam-se belíssimos vasos de pequeno porte com flores coloridas que lembram: as flores do campo, o jasmim e o sândalo presentes no plano terreno.

A maciez das almofadas sobre a poltrona é indescritível. Tive a sensação de flutuar. Fechei os olhos espontaneamente e relaxei ainda mais. O irmão Alfredo aguardou alguns momentos e carinhosamente me ofereceu um copo de água, cujo sabor muito agradável eu ignoro. Agradeci e tomei o abençoado líquido com muito gosto.

– Essa água, Leopoldo, contém fluidos de amor universal irradiados por irmãs e irmãos encarnados e desencarnados que se dedicam a esse trabalho nesta cidade através de orações.

"E agora – falou calmamente o irmão Alfredo –, por favor, feche seus olhos... Relaxe os músculos do rosto... Relaxe o maxilar... Relaxe os ombros... Relaxe as costas... Relaxe o quadril... Relaxe as pernas... Relaxe seus pés... Perceba que todo o seu corpo está relaxado e em paz...

"Neste momento sinta a luz que entra pelo alto de sua cabeça e preenche todo o seu ser... Você escolhe a cor dessa luz... Perceba, neste instante, a luz que irradia do seu coração... Essa luz também preenche todo o seu corpo... Sinta a luz de Deus dentro de você... Sinta a luz... Você é filho de Deus... Você é luz!

"Agora respire profundamente... Aspire à luz que o seu corpo irradia e sustente a respiração por alguns instantes... Permita que a luz preencha todas as células do seu corpo... Agora, expire calmamente... Observe a cor que você expira... Qual cor é essa? Caso a cor não lhe agrade, continue a inspirar e expirar até que do seu corpo seja liberada somente a luz de Deus...

"Permita-se sentir a força de Deus dentro de si..."

E em questão de segundos, inúmeras cenas se passaram em minha mente, desde o meu retorno à fazenda do meu pai, após a minha formatura em medicina, até o momento em que o Joaquim ministrou a medicação para que eu parecesse estar morto. Depois, minha mente recuou mais ainda no tempo e inúmeras cenas da minha infância em que meu pai me batia vieram fortes. Permiti, então, que um enorme sentimento de rejeição invadisse o meu ser. Meu coração disparou e pensei que talvez fosse melhor morrer e nunca mais acordar...

– Como você pode perceber irmão Leopoldo, a morte não existe – falou o irmão Alfredo que leu meus pensamentos e perguntou de supetão:

– Quem é você?

– Eu sou o Leopoldo – e abri os olhos um tanto assustado, pois o irmão Alfredo sabia quem eu era.

– Pois digo que você não é o Leopoldo. Você esteve Leopoldo em sua última vida física. Você é, na verdade, um ser espiritual que recebeu de Deus o corpo físico do Leopoldo como um veículo de manifestação para experienciar uma, entre as incontáveis vidas que você já vivenciou no plano físico da Terra.

"Deus – prosseguiu o irmão Alfredo calmamente – criou a todos os seus filhos simples e ignorantes, ou seja, nem bons nem maus e com o objetivo único de que evoluam espiritualmente. Essa evolução é alcançada de modo progressivo e uma das maneiras à evolução é a vivência que todos nós, seres espirituais, temos na Terra Física – através das inúmeras experiências, lições e provas –, e também, experiências em outros planetas e nas mais diversas dimensões do universo.

"Isso quer dizer que habitar um corpo na dimensão física do Planeta Terra como o do Leopoldo é algo transitório. O corpo físico morre, mas o ser espiritual que somos é imortal! Todavia, viver na Terra Física com um corpo físico é sempre uma abençoada e maravilhosa oportunidade para adquirimos conhecimentos e com eles nos tornarmos melhores e evoluirmos espiritualmente. Nossa evolução pode ser mais lenta ou mais demorada, com sofrimento, menos sofrimento ou sem sofrimento, mas isso depende de cada um.

"Explico: Deus nos concedeu a Lei Divina do Livre-Arbítrio. Assim, temos a liberdade para pensar, sentir, emocionar-se, falar, agir e reagir perante as experiências, lições e provas da vida. Somos seres livres e não máquinas comandadas por botões. Há irmãos e irmãs que aceitam as provas sem queixas e lamúrias e as compreendem e agem como parte do aprendizado para o processo evolutivo espiritual.

"Há aqueles que se revoltam, recusam-se a adquirir conhecimentos e decidem, por livre e espontânea vontade, manter-se estagnados. Essa "estagnação" pode durar uma vida física inteira ou ainda milhares delas. De todo modo, todos sem uma única exceção, um dia, sob a Lei Divina da Evolução têm o despertar para Deus, que habita dentro de cada um.

"Sendo assim, eu pergunto: por que você "esteve" na vestimenta do corpo Leopoldo? Quais foram os seus aprendizados? Você, como Leopoldo, viveu como se propôs a viver antes de encarnar no corpo do Leopoldo?"

Essas perguntas foram como um soco no meu estômago. Senti enjoo e recebi do irmão Alfredo pequeno balde para vomitar. Precisei, ainda, utilizar um banheiro devido a uma forte diarreia[34]. Depois de me recompor e receber luzes calmantes e curativas das mãos do irmão Alfredo eu me sentei novamente à sua frente. Ele me olhava e aguardava uma resposta.

– Eu não cumpri com o que me propus. Eu sei disso. Minha decisão foi pela desistência da vida. Sempre me senti vítima e coitado. Não merecia ter o Jerônimo como pai e a Aurélia como mãe. Sempre tive pena de mim mesmo.

O irmão Alfredo me olhou carinhosa, pacientemente e disse:

– Existe uma Lei Divina denominada: "Lei Divina do Merecimento". De acordo com essa Lei, Deus concede a cada um dos seus filhos tudo o que merecem e necessitam para a evolução espiritual. Em outras palavras: cada qual nasce no país, na cidade, no bairro; tem os pais e a família que merece e necessita e por aí vai. E não confundamos a "Lei do Merecimento" com castigo de Deus porque Deus jamais castiga os seus filhos. Repito e enfatizo: Deus jamais castiga os seus filhos. A Lei do Merecimento é uma dádiva de Deus.

"Sendo assim eu pergunto a você Leopoldo: quais conclusões você tira da nossa conversa até este momento?"

Com o estômago ainda embrulhado eu pensei alguns instantes e respondi:

– Eu, no corpo físico que Deus me concedeu para estar "Leopoldo", fui um entre os milhões ou bilhões de corpos físicos em milhões ou

34. Estranhei muito o fato de estar "morto" e ainda assim vomitar e ter diarreia. Tempos depois soube que isso é absolutamente normal no grau evolutivo em que nos encontramos nos planos físico e espiritual do Planeta Terra (Nota do Leopoldo).

bilhões de vidas que já vivenciei no Planeta Terra e em outros planetas e dimensões. Portanto...

– Portanto?

– Portanto muita coisa deve ter acontecido no passado para que eu nascesse como Leopoldo, filho do Jerônimo e da Aurélia e irmão da Olímpia – respondi. Deus sabe o que faz. – Mas eu não me lembro do passado. Por isso é que eu disse que fui injustiçado, principalmente pelo meu pai durante toda a minha vida como Leopoldo. Se eu soubesse do passado talvez as coisas fossem mais fáceis...

– Leopoldo, Deus nos concedeu a benção momentânea do esquecimento das vidas passadas enquanto vivenciamos vidas no Plano Físico da Terra. Caso conhecêssemos todo o nosso passado, a vida social seria praticamente impossível...

"Por exemplo: de que modo um pai e uma mãe receberiam em seus braços um filho que, por exemplo, os assassinou em outras vidas e desse fato os envolvidos tivessem total consciência? Como conviver com um irmão consanguíneo que muito prejudicamos em uma vida passada se os dois tivessem conhecimento do fato?

"De qualquer forma, o esquecimento do passado não é absoluto. A lembrança se dá muitas vezes na forma de intuição, que é a chamada "voz da consciência", por meio da qual somos advertidos a respeito das nossas escolhas. Lembramos, ainda, de vidas passadas em sonhos, porém, ressalto, que nem todo sonho é lembrança de vida passada.

"Há, também, casos de lembranças passadas quando encontramos pessoas ou vamos a lugares pela primeira vez em uma de nossas vidas e temos a forte sensação de que já conhecíamos essa pessoa e/ou o lugar. Esse fenômeno, natural, pode ser uma lembrança e é conhecido por uma expressão na língua francesa 'déjà vu', que em português significa 'já visto'.

"De todo modo, saliento que é louvável a busca de irmãos e irmãs encarnados por uma terapia de vidas passadas para que lembranças possam aflorar. Todavia, esse tipo de terapia deve ser feita com um único propósito, qual seja, terapêutico para que sérios e graves conflitos internos possam ser superados. E sempre com o auxílio de sérios, éticos e competentes profissionais. Por outro lado, fazer terapia de vidas passadas por simples curiosidade para saber quem foi ou o que fez é algo extremamente danoso com prováveis graves e negativas consequências."

– Eu gostaria muito de me lembrar das minhas outras vidas já que deixei a vida física – falei.

– Filho: não basta desencarnar para que, magicamente, nos venha à mente imediatamente todas as lembranças das vidas passadas. Cada caso é um caso. Cada qual com o seu momento apropriado. Se você não se recorda, neste instante, é porque ainda não chegou à hora e poderia ser prejudicial aos seus aprendizados e evolução espiritual neste momento.

"Ao que parece, meu irmão, faz-se necessário que você compreenda fatos da vida como Leopoldo, antes que quaisquer recordações passadas despontem. Portanto, que fatos seriam esses da sua vida como Leopoldo?"

– Pelo que observo dos seus ensinamentos – respondi –, percebo que vivi na Terra Física enquanto Leopoldo como se fosse uma única vida. Julguei todos os fatos somente a partir da perspectiva de uma única vida física. Esqueci que eu sou um ser espiritual eterno, que já vivi incontáveis vidas e que as lições pelas quais passei – como Leopoldo –, eram divinas oportunidades de aprendizado rumo a Deus dentro de mim.

"Como Leopoldo eu fiz parte dos irmãos e irmãs que se revoltaram com a vida e com as suas lições... Eu vivi como se a vida fosse uma grande desgraça e não uma abençoada providência divina rumo à felicidade... Agora eu estou morto fisicamente como Leopoldo... Queria tanto voltar atrás... Ah! Se eu pudesse voltar no tempo..."

– Voltar atrás não é possível meu irmão. Mas recomeçar é infinitamente plausível. Basta ter a determinação de querer o recomeço e trabalhar para isso a partir deste instante.

"De qualquer forma, recomeçar não significa apagar o passado e fingir que ele não existiu. Recomeçar significa entender o passado, avaliá-lo sem dramas e subterfúgios e a partir daí iniciar uma nova vida com perspectivas diferentes e melhores.

"Mas, agora, falemos especificamente de sua vida como Leopoldo. Assim, eu te pergunto: por quais razões você viveu com o corpo físico do Leopoldo?"

Respirei fundo e com o coração aos saltos, tomei coragem para dizer:

– Para aprender a ter coragem de olhar de frente à vida e encontrar soluções aos meus desafios.

– Que desafios são esses?

– Superar medos.

– Que medos?

– Superar o medo de viver... Superar principalmente o medo que sinto do meu pai – respondi.

– E quais seriam os outros desafios?

– Sair da condição de vítima da vida.

– E por que você se colocava na condição de vítima?

– Porque acho que sou culpado pelo fato de o meu pai me odiar.

– E o que mais? Perguntou o irmão Alfredo.

– Eu tenho medo de errar principalmente por causa do meu pai. Na verdade... Meu maior desejo era que o meu pai me aprovasse, me amasse e me tratasse com respeito.

– Você gostaria que o seu pai fosse do jeito que você quer?

– Sim.

– Mas como ele é diferente do que você deseja, sentiu-se injustiçado pela vida.

– Sim – respondi.

– E ao sentir-se injustiçado decidiu desistir da vida.

– Sim – respondi.

– Bem... Vamos por partes. Falemos primeiro do sentimento do medo; depois do sentimento de culpa; do seu desejo de que seu pai seja e o ame ao seu modo e, então, falaremos sobre a sua desistência em viver. Sendo assim, pergunto: o que significa "medo" para você?

– Tenho medo de errar, pois tudo o que eu faço é motivo para descontentamento do meu pai.

– Você tem certeza que tem medo de errar?

– Tenho sim! E falei pela primeira vez com confiança na voz e sem me fazer de vítima.

– Não creio. Acredito que você não tenha medo de errar. Você tem medo do julgamento do seu pai quanto aos seus atos. E como o seu pai não te aprova como você quer que ele o faça; você decidiu, por livre e espontânea vontade, desistir da vida e justifica essa decisão na figura do seu pai.

"Explico: você responsabiliza o seu pai por ter desistido da sua própria vida no plano terreno como Leopoldo. Você coloca o seu pai, o irmão Jerônimo, na posição de culpado e algoz, quando, na verdade, é você o seu próprio algoz."

Olhei espantado para o irmão Alfredo que prosseguiu com amor e firmeza:

– Ao responsabilizar outra pessoa por seus medos você se coloca na posição de vítima e coitado. Ao pensar e agir como se o seu pai fosse o responsável pelos seus medos, você desconsidera a força que tem dentro de si, desacredita-se, exime-se da responsabilidade de tomar conta da própria vida e a coloca, sua vida, nas mãos do seu pai... Seria isso justo com você e com o seu pai?

Lágrimas começaram a escorrer sobre o meu rosto. O irmão Alfredo me ofereceu um lenço e continuou:

– Irmão Leopoldo: você acreditou ser vítima do seu pai. Entretanto, sua consciência, quando já adulto, dizia-lhe que você tinha plenas condições de tomar conta da sua própria vida. Mas, você não deu ouvidos à sua consciência. Ao contrário. Você preferiu, repito: responsabilizar o seu pai por seus medos e atos. Ao fazê-lo, passou a se sentir culpado, pois no fundo da sua alma, você sabe que somente você é o proprietário da sua vida.

"De qualquer forma, sentir culpa é um importante começo para mudanças interiores. O problema é decidir manter-se nesse sentimento destrutivo que é a culpa; postar-se como um coitado perante a vida e fazer com que as pessoas sintam pena desse "desafortunado".

Meu choro começou a aumentar, pois eu sentia na alma que o irmão Alfredo estava com a razão. E ele aguardou, de novo, com carinho que eu me acalmasse e prosseguiu:

– Você desejava que seu pai fosse do seu jeito e o amasse do seu modo?

– Sim.

– Digo-lhe que isso é mimo!

– Mas eu nunca fui mimado – argumentei.

– Pelos seus pais não e os agradeça por isso. Quando falo em mimo, digo que você age como um homem mimado perante a vida. Ora... Eu quero porque quero que o meu pai seja do jeito que eu quero. Se ele for diferente do meu desejo vou choramingar até desistir da vida...

"Leopoldo: cada ser humano age como sabe e quer... Ninguém vai agir e se comportar de um modo ou de outro simplesmente porque nós queremos. Cada qual dá aquilo que sabe dar. Cada qual ama como sabe amar. E só se transforma interiormente quem quer e quando quer. Coloque-se no lugar do outro. É possível que o outro também queira que você mude a sua maneira de ser. Mas isso normalmente nós não aceitamos, pois na maioria das vezes sempre nos achamos os corretos, os injustiçados e apontamos o dedo nos esquecendo que ao fazermos isso estamos a apontar três dedes a nós mesmos.

"Aceitemos as diferenças e aprendamos com elas... Julguemos menos as outras pessoas... Sejamos mais tolerantes e gentis com os nossos irmãos e irmãs... Olhemos a cada um de nós com mais benevolência e brandura. Esperemos menos dos outros. Não tenhamos expectativas quanto às pessoas e situações. Expectativas são ilusões, fantasias, criadas pela nossa mente, que se desmoronam mais cedo ou mais tarde. E a esse desmoronamento dá-se o nome de decepção, sentimento esse que vem seguido pela da tristeza, que é o luto que sentimos com a morte nua e crua da fantasia por nós criada. Enfim, cada qual vive como quer e por isso responde...

"Sendo assim, que tal um pouco de humildade para consigo mesmo Leopoldo? Que tal olhar para os seus verdadeiros sentimentos e desejos?

Que tal parar alguns minutos de cada dia para escutar-se? Que tal olhar para dentro de si e começar a se conhecer e a se amar? Que tal avaliar, sem julgamentos, os seus pensamentos, palavras, emoções, sentimentos, crenças e atitudes? Que tal aprender que você merece ser feliz? Que tal sair da posição de vítima?"

Fiquei maravilhado com as palavras do irmão Alfredo... Seus ensinamentos me retiraram vendas que cobriam os meus olhos...

– Ao me colocar como uma vítima da vida – falei –, eu me firmava numa situação de inferioridade...

"Realmente... – prossegui. – Eu queria que o meu pai fosse como eu o idealizava. Mas, isso jamais se daria... Ele pode até mudar, mas, desde que o deseje..."

Refleti... Refleti... E um choro convulsivo tomou conta de mim. O irmão Alfredo aguardou que eu me acalmasse e finalmente eu resolvi olhar verdadeiramente para dentro de mim e dizer:

– Irmão Alfredo: ao invés de eu agir no melhor proceder, ir em frente, tentar, cair, levantar, fazer e seguir o meu coração eu escolhi desistir da vida e coloquei a culpa no meu pai. Ao morrer eu queria ver o meu pai sofrer. Eu queria que o meu pai morresse de remorso.

– Atente ao que você disse: "eu queria que o meu pai morresse de remorso". Perceba que aquele que se coloca na posição de vítima e coitadinho muitas vezes quer, na verdade, manipular as outras pessoas e age de modo egoísta.

– Meu Deus! Respondi e parei de chorar. – Ao me posicionar como coitadinho e desistir da vida eu pensei somente no meu "umbigo" e nos meus problemas. Eu me desconsiderei por completo. Não dei valor a mim e eu não pensei um minuto sequer no sofrimento que eu causei na Bastiana, na Mariana, no Raimundo e em todos os que arriscaram as suas vidas para me salvarem do sanatório... Quer queira, quer não queira, eu também causei sofrimentos aos meus pais e a minha irmã, pois eles tinham vergonha da minha situação. Cada qual sofreu e sofre ao seu modo.

"Mas agora sei que eu tinha plenas condições de ter feito as coisas de modo diferente. Percebo cristalinamente que tive um pai truculento e uma mãe omissa, entre outras razões de vidas passadas as quais desconheço, para que acreditasse em mim mesmo, no meu potencial como ser espiritual que eu sou e despertasse a minha força interior, que é à força de Deus em mim. Não estou a me lamentar. Estou a analisar os fatos – falei firmemente e prossegui:

"Compreendo, agora, que aceitar o meu pai como lição de vida, sem revoltas, não significa em hipótese alguma concordar e conviver passivamente com os comportamentos destrutivos dele. Ao contrário. Quando nos calamos e somos omissos ao mal estamos a incentivar para que ele, o mal continue a ser praticado.

"É necessário: descruzar os braços e indignar-se de modo pacífico através de ações concretas, firmes e amorosas; limitar a ação do outro de modo saudável e ter a coragem de dizer – não –, sem brigas, agressões ou hostilidades; e jamais se permitir ser marionete nas mãos daquele ou daqueles que têm a intenção de serem os donos da nossa opinião e da nossa vida.

"Mesmo porque irmãos e irmãs que agem com agressividade, gritos e querem impor os seus conceitos sobre os outros estão, na verdade, inseguros e a pedir ansiosamente ao mundo que sejam reconhecidos como alguém que tem valor... Mas isso não significa e nem tampouco sugiro que devemos ficar ao lado de comportamentos abusivos e destruidores. Cada qual sabe de si.

"O que quero dizer é que nos lembremos: que irmãos e irmãs com comportamentos imoderados e maléficos são filhos de Deus assim como nós, ou seja, são nossos irmãos e irmãs que se esqueceram disso momentaneamente; que nos vigiemos e oremos para não cairmos de modo algum nas armadilhas do ódio, da raiva e da vingança; e que por esses irmãos e irmãs tenhamos compaixão e por eles oremos sinceramente e com o coração para que compreendam o amor e tenham o discernimento sobre a importância de não mais desejarem prejudicar a si mesmos e aos outros."

"Mas agora a minha vida como Leopoldo acabou e o tempo não volta! E intuitivamente eu sei que tinha muito a realizar e aprender comigo e com as pessoas da região em que nasci como Leopoldo..."

– Veja, por favor, Leopoldo, nesta tela que surge do teto desta sala a sua frente, os desafios a que você se propôs a vencer e as lições a aprender em sua vida como Leopoldo. Perceba irmão, que é o momento de você ver o seu futuro e não o seu passado... Atente-se ao fato de que você rogou a Deus para nascer filho do irmão Jerônimo...

E eu a tudo assisti e meu peito se apertou de arrependimento. Vi cristalinamente que eu havia desperdiçado toda uma abençoada e divina vida na Terra Física, a nossa grande escola.

– Irmão Alfredo, por favor, eu preciso voltar à Terra Física como Leopoldo. Preciso passar por todas as lições que acabei de ver na tela e trabalhar para superá-las. Tenho a mais absoluta certeza de que as lições que a vida nos coloca são somente aquelas as quais temos totais condições de superação. Abençoada família no seio da qual eu nasci como Leopoldo. Abençoada lição de vida ao ter o coronel Jerônimo como pai. Só agora eu compreendo... Imploro a Deus para que eu aprenda a me perdoar por ter desistido da vida... Imploro o perdão de Deus que mora dentro de mim... Imploro a Deus para recomeçar mais uma vez e rogo para que com sua ajuda eu encontre o caminho ao reinício...

O Alfredo sorriu carinhosamente e sugeriu:

– Jogue-se nos braços de Deus meu filho. – Espalhe cristais de amor sempre...

– Esses cristais seriam aqueles que eu vi no fundo do lago ao chegar nesta abençoada cidade? Qual o significado dos cristais do fundo do lago?

– Pergunte ao seu coração filho de Deus... Lá estão todas as respostas... Reze e medite... Meu irmão... E o irmão Alfredo juntou as palmas de suas mãos sobre o seu coração e fez um carinhoso sinal de agradecimento a mim...

Capítulo XI

Abençoado auxílio de Deus através de seus trabalhadores

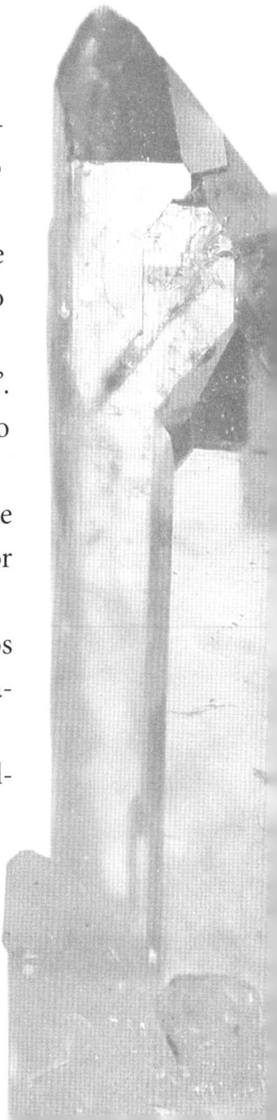

Abri os olhos lentamente. Ainda estava sonolento devido ao efeito da medicação a mim ministrada pelo amigo Joaquim...

– Menino. Ocê tá acordando. Louvado seja Deus e Nosso Senhô Jesus Cristo. Abri os óio de uma veiz meu fio – escutei a Bastiana falar feliz.

Senti tontura. Consegui apenas balbuciar "Alfredo". Fechei os olhos novamente e dormi com uma suave sensação de paz e confiança em mim mesmo e na vida.

– Meu fio – eu ouvi novamente a voz da Bastiana que parecia vir de muito longe –, abri os óio. Abri os óio pelo amor de Deus e Nosso Senhô Jesus Cristo.

Fiz um esforço enorme e consegui finalmente abrir os olhos. Deparei-me com um lindo sorriso de alegria estampado no rosto da minha amada bela mãezinha Bastiana.

– Me perdoe. Fiz você sofrer – falei com muita dificuldade. – Onde estou? Eu estou morto?

– Ocê tá vivinho pela graça de Deus e Nosso Senhô Jesus Cristo. Ocê tá escondido na casa do Raimundo e da muié dele, a Glorinha. Nóis conseguiu tirá ocê daquele lugar horrível. Vosso pai mandô a polícia te precura por toda parte depois que discubriu qui ocê fugiu.

Tentei me mover, mas faltavam-me forças físicas. Apenas consegui balbuciar:

– Lucinda... Belquior... Irmão Alfredo... Onde estão?

– Ocê se acarme meu fio. Num cunheço essas pessoas que ocê tá falando. Deve sê gente lá do sanatório. Sua bela mãezinha vai te ajudá. Ocê precisa tomá água de côco pra começá a ficá forte di novo meu fio.

Teria tido um sonho maravilhoso[35] [36]? Perguntei-me enquanto a Bastiana me amparava para tomar a água da fruta. E a Mariana, o Raimundo e a Glorinha com seu bebê entraram no casebre. Olhei para todos. Vi olhos alegres e aliviados por eu finalmente ter acordado. Senti uma imensa gratidão por todos esses amigos e meu peito se transbordou de amor.

Eu consegui embora com muita dificuldade esboçar um "obrigado" e um pedido de desculpas por todo o transtorno que eu havia causado. Todos disseram que o importante, no momento, era a minha recuperação e que eu me preocupasse somente com isso. Olhei com ternura para aquelas pessoas simples com seus corações puros em sentimentos e a minha vontade de viver se tornou ainda mais forte dentro de mim.

Pensei na Lucinda, no Belquior, na Aline, no irmão Alfredo e nos cristais do fundo do lago... Que lugar seria aquele? Lembrava-me de ter tido uma conversa maravilhosa com o irmão Alfredo em que entendera muitas coisas da vida. Só não conseguia me lembrar dos detalhes. E os belíssimos cristais no fundo daquele lago? Quais significados teriam? A experiência naquele maravilhoso lugar foi tão vívida e intensa que eu

---

35. Eu, Leopoldo, vivenciei o que pode ser chamado de "desdobramento corporal", ou seja, durante o meu estado de sono, meu corpo espiritual se desprendeu parcialmente do meu corpo físico e eu fui levado pelos amigos Lucinda e Belquior para a cidade espiritual "Casa do Acolhimento em Deus" (Nota do Leopoldo)

36. Eis a questão e resposta de número 401, dos espíritos, concedida a Allan Kardec em "O Livro dos Espíritos": "Durante o sono, a alma repousa como o corpo? Não, o Espírito jamais fica inativo. Durante o sono, os liames que o unem ao corpo se afrouxam e o corpo não necessita do Espírito. Então, ele percorre o espaço e entra em relação mais direta com os outros Espíritos." (Nota da Sandra).

custava a crer que fosse somente um sonho. Algo diferente havia acontecido comigo. Eu tinha a mais absoluta certeza disso.

Olhei para todos pensativo e percebi que os conhecia de muito tempo atrás, diria, de vidas passadas. Então, deparei-me com o olhar da bela Mariana e meu coração disparou de amor...

– Preciso me recuperar. Tenho muito trabalho a fazer... – falei ofegante.

– Antes de tudo – falou a Mariana –, nós precisamos tirar você daqui Leopoldo. Seu pai colocou toda a polícia desta região atrás de você e de nós também. Somos considerados suspeitos por ter ajudado você a fugir. O enfermeiro Joaquim, neste momento, assim como vários outros enfermeiros e funcionários do sanatório estão sendo interrogados pelo delegado da nossa cidade.

– Eu preciso ajudá-los – falei com muito esforço.

– Tenha calma – disse a Mariana. Para ajudar, primeiro você precisa se recuperar. Tem pelo menos uns trinta quilos para engordar. Sendo assim eu e você iremos para o hospital do casal alemão Rolf e Ingrid Schmidt. Eu os conheço desde pequena. Eles estudaram medicina com o meu tio Albert na Europa e depois de formados decidiram vir ao Brasil para fundar esse hospital. Acho que você já ouviu falar desse hospital. Ele se localiza cerca de trezentos quilômetros daqui.

Fiz um sinal afirmativo com a cabeça. Eu já ouvira falar desse casal. Sabia que eles faziam um trabalho maravilhoso na região. Atendiam a todos os que lá pediam socorro de graça. Graças a Deus, europeus, amigos do casal enviavam dinheiro para auxiliar com os custos do hospital.

– Consegui fazer contato com o casal – prosseguiu a Mariana. – Contei a sua história e eles prontamente se dispuseram em ajudá-lo. Você ficará escondido no hospital com um nome diferente. Não acho correto mudar o nome para se esconder, mas no seu caso, faz-se necessário, pois se seu pai o encontra e interna de novo naquele lugar, muito provavelmente você não terá condições de sobreviver. Iremos hoje mesmo. Ficarei com você o tempo necessário para a sua recuperação e depois retornarei à Europa para lá eu morar definitivamente.

"E enquanto você estiver internado eu trabalharei como médica. Não terei problemas com a minha família, pois todos acreditam que eu estou na Europa. Meu pai e minha mãe resolveram aceitar a minha volta, pois diziam que eu lhes envergonhava ao descobrirem que eu era médica e o pior, que eu trabalhava para pessoas que eles tristemente chamam de pobretões e ignorantes da região.

"Levaram-me ao porto, esperaram que eu subisse as escadas do navio, se despediram e foram embora. Esperei alguns momentos para me certificar de que eles estavam longe e cá estou eu. Eu não tinha alternativa. Se o meu pai descobre que ainda estou por aqui e a te auxiliar... Meu Deus! Não quero nem pensar...

"Bom... Mas para irmos ao hospital, teremos que pegar o trem e a estação, como você sabe, não é tão perto daqui. Assim, você precisará ser bastante forte. O Raimundo nos levará disfarçados em uma carroça até a estação. Eu e você iremos escondidos debaixo de muito feno.

"Na estação de trem dificilmente alguém nos reconhecerá, pois como você pode observar Leopoldo, eu e você estamos vestidos com roupas emprestadas pelo Raimundo e pela Glória. Passaremos por um casal de agricultores igual aos vários desta região.

"Além disso, na estação de trem usaremos esses grandes chapéus. Veja... São bem grandes. Você se passará por meu "marido" doente".

– Ocêis agora pára de falá – disse a Bastiana –, ocêis precisa parti com a benção de Deus, de Nosso Senhô Jesus Cristo e da mãe Maria.

E fomos cobertos com feno da cabeça aos pés na parte de trás da carroça. Mal deu tempo para eu pensar em algo. Quando dei por mim a carroça já sacolejava e seguia o seu destino. Depois de um tempo que me pareceu uma eternidade devido às dores no corpo em razão da fraqueza, paramos, o feno foi retirado e o Raimundo auxiliou-me a sair da carroça.

– Agora é cum ocês. Deus os proteja e os abençoe. Se recupéra dotô, por favô. Nóis gosta muito de ocê e o povo daqui precisa de ocê e da dotôra Mariana – falou o Raimundo que se despediu de nós com lágrimas no rosto.

Despedimo-nos e com muita dificuldade a Mariana praticamente me arrastava para alcançarmos a estação ferroviária. Pedi forças a Deus e conseguimos alcançar o guichê. A Mariana comprou as passagens e nos dirigimos à plataforma do trem que, graças a Deus, já estava lá, parado, aguardando o embarque e desembarque de passageiros. Consegui sorrir para a Mariana. Acreditamos que o trem estava na estação por pura sorte, quando que na verdade era a providência divina sempre em ação.

Entramos no trem. Não chamávamos a atenção de ninguém. Aliás, mal nos olhavam. Senti-me invisível... É... Pensei. Pessoas vestidas muito pobremente são excluídas da sociedade. O valor social, eu pensei, ainda não se baseiam somente nos bons sentimentos, mas na roupa e de que modo nos vestimos...

Bom... Sentamos sobre um duro banco de madeira, mas que devido ao alívio por conseguirmos embarcar, pareceu-me o mais macio dos assentos. A Mariana fez com que eu descansasse a cabeça sobre o seu ombro. Eu respirava com muita dificuldade, afinal tudo tinha sido um grande esforço para mim. Fechei os olhos, exausto e adormeci. Não vi a viagem passar e quando fui acordado pela Mariana havíamos chegado à estação de trem mais próxima do hospital. Do lado de fora da estação, uma charrete do casal Schmidt nos aguardava. E embora atordoado, lembro-me de nossa chegada ao hospital, pois assim que o portão foi aberto deparei-me com um lindo lago, com belas pedras ao fundo e não cristais. Lembrei-me do lago com os cristais. Quero muito voltar a vê-lo, pensei... E quando dei por mim, eu dormia em uma cama perfumada e macia.

– Quando é que o moço vai decidir acordar completamente? Precisamos de mais médicos para nos ajudar com o trabalho deste hospital. Há muita gente para ser atendida. Nós mal damos conta. E eu soube pela Mariana que você é um excelente médico.

Escutei uma voz grave ao longe. Quem estaria falando comigo? Seria o irmão Alfredo? E os meus amigos Lucinda e Belquior? Estariam por perto?

Consegui abrir e manter os olhos abertos, pois já me sentia bem mais forte fisicamente devido ao tratamento que recebia amorosamente dos trabalhadores do hospital. Perguntei onde estavam o Belquior, a Lucinda e o Alfredo.

– Desconheço essas pessoas. Não temos funcionários com esses nomes por aqui Leopoldo e ao que eu saiba nem pacientes.

– E o lago? Perguntei. – Gostaria de ver os cristais que estão no seu fundo.

– Leopoldo: temos um lindo lago na entrada deste hospital, porém não há cristais em seu fundo. Há muitas pedras, e algumas muito bonitas. De todo modo, que tal se sentar? Perguntou a voz calorosa, que não aguardou a minha resposta e foi logo me auxiliando a inclinar o corpo cerca de uns trinta graus.

Olhei o quarto em que me encontrava. Muito grande. Vi dezenas de camas com pacientes deitados sobre todas elas. A minha cama estava em um canto que mal dava para ser vista da porta de entrada. Eu não estou na cidade do lago com os cristais. Acho que eu estou vivo. Pensei...

– Deixe que eu me apresente a você – continuou o homem que falava comigo. – Meu nome é Rolf – e estendeu sua mão que mal consegui apertar, devido à fraqueza do meu corpo.

Olhei para o senhor Rolf, muito alto, com uma grande barriga e a me olhar ternamente. Agradeci emocionado a Deus por estar vivo na terra física e, também, ao senhor Rolf pela ajuda que recebia naquele abençoado hospital.

– Quero melhorar – falei resoluto.

– Isso já acontece meu amigo. A cada dia que passa, nós percebemos a sua melhora – falou o doutor Schmidt.

– Sei que tenho condições de superar os meus desafios. Estarei sempre atento aos meus sentimentos. Meu pai dizia que a minha tristeza era frescurinha de mulherzinha fraca. Isso não é verdade. É que eu ainda não sabia viver... Mas estou com o firme propósito de aprender em cada segundo da minha vida.

– Você não é fraco nem tampouco teve "frescurinha de mulherzinha". Você esteve doente[37, 38] e agora está se tratando meu amigo. E percebo em você uma ânsia por viver. Parabéns.

Olhei detidamente o doutor Rolf e perguntei:

– Pelo que o senhor diz, eu estou vivo, certo?

– Ao que eu saiba sim. Veja... E o senhor Rolf me deu um beliscão de brincadeira.

Sorri. E a partir desse dia mais sorrisos vieram. Muitos. Em seis meses eu já me sentia muito bem e estava recuperado. O doutor Rolf conversava por uma hora comigo todos os dias no mesmo horário sobre a minha vida e a vida de modo geral. Durante essas conversas, embora nem eu tampouco o doutor Rolf tivéssemos consciência disso, nós sempre contávamos com a presença do irmão Alfredo, da "Casa do Acolhimento em Deus" a nos irradiar energias de amor e, nos momentos oportunos, intuir ao doutor Rolf e a mim com pensamentos edificantes.

Além das conversas, eu me alimentava muito bem e fazia caminhadas regularmente no jardim nos fundos do hospital. Evitava ficar à frente do hospital para que eu não corresse o risco de alguém da rua me ver e reconhecer. Mas, durante a noite eu dava as minhas "escapadas". Sentava na grama debaixo das árvores que rodeavam o lago com suas

---

37. O que eu tive é o que hoje conhecemos por doença da "depressão". Há de se tratar a depressão nos aspectos médico físico, psicoterápico e espiritual. (Nota do Leopoldo).

38. A Organização Mundial da Saúde (OMS)* define "depressão" como um transtorno mental comum, caracterizado por tristeza, perda de interesse, ausência de prazer, oscilações entre sentimentos de culpa e baixa autoestima, além de distúrbios do sono ou do apetite. Também há a sensação de cansaço e falta de concentração. (Nota da Sandra). Fonte: <http://www.canal.fiocruz.br/destaque/index.php?id=722> Acesso em 20.03.2014. (Nota da Sandra).
Ainda segundo a Organização Mundial da Saúde (OMS), a depressão: afeta mais de 350 milhões de pessoas em todo o mundo; é a principal causa de incapacidade no mundo; contribui de forma muito significativa para a carga global de doenças; afeta mais mulheres do que homens e no pior dos casos a depressão pode levar ao suicídio. E também, de acordo com a OMS existem tratamentos eficazes para a depressão (Nota da Sandra). Fonte: <http://www.who.int/mediacentre/factsheets/fs369/es/index.html> Acesso em 20.03.2014.
* A Organização Mundial da Saúde (OMS) ou como é conhecida na língua inglesa "World Health Organization" (WHO), é uma agência especializada em saúde, subordinada à Organização das Nações Unidas (ONU). O documento de "Constituição" da OMS entrou em vigor em 07 de abril de 1948. Sua sede fica em Genebra, na Suíça. (Nota da Sandra).

lindas pedras ao fundo e ficava a olhar o céu coalhado de estrelas e a meditar... Até que em uma dessas noites...

– Olá Leopoldo – disse a Mariana que, pela primeira vez desde que estávamos no hospital se sentou ao meu lado calmamente –, vejo que está cada dia melhor. A cor do seu rosto voltou completamente. Seu corpo já está forte e saudável novamente, graças a Deus. Parabéns!

– Olá Mariana. Que bom vê-la descansando... Desde que aqui chegamos somente nos vemos rapidamente – falei com o coração aos saltos devido à emoção com a proximidade dela. – O doutor Rolf sempre me fala sobre o belo trabalho que você tem feito por aqui, principalmente com as crianças. Parabéns para você também.

– Peço desculpas por termos tido tão pouco tempo para conversar, Leopoldo. Realmente... Tenho trabalhado e aprendido muito nesses últimos meses... O casal Schmidt tem me ensinado muito. Estou muito feliz e devo isso a você. Muito obrigada. Se não fosse por você eu estaria na Europa e lá eu não teria o casal Schmidt para me ensinar a exercer a medicina com a realidade deste lugar.

– Eu é que tenho muito a te agradecer, Mariana. Você sabe disso.

– Vamos agradecer a Deus à vida e por sua recuperação. Mas... Eu vim até aqui para te contar uma novidade... Você vai receber alta dentro de poucos dias.

Levei um susto. Meu coração disparou. Todos os acontecimentos desde o discurso do meu pai em que prometia ao povo humilde que faria chover veio à tona em minha mente e meu corpo começou a tremer.

A Mariana sem dar atenção ao meu desespero continuou a conversar normalmente:

– Talvez seja esse o momento de retomar sua vida. O que acha?

– Sim... – Respirei fundo... Eu não sei o que fazer nem por onde começar.

– Pelo começo – brincou a Mariana. – Pelo primeiro passo.

Assenti com a cabeça. Lembrei-me vagamente da conversa que tive com o irmão Alfredo e acalmei-me. E permanecemos ali alguns minutos em frente ao lindo lago e a observá-lo... Fechamos os olhos e deitamos sobre a grama. Não sei por quanto tempo permanecemos assim, até que senti a mão da Mariana tocar a minha. Abrimos os olhos e nos olhamos. Meu coração disparou... E o senhor Rolf se aproximou. Assustados, nos colocamos de pé rapidamente e ele disse que eu já estava muito bem e que se quisesse eu poderia trabalhar no hospital.

– Posso começar agora? Falei de supetão. É um começo, um primeiro passo, pensei.

– Claro. Então comecemos já. Você pode trabalhar neste plantão – falou o senhor Rolf com um largo sorrido no rosto. Muitos pacientes o esperam.

E assim foi feito. Iniciei meu trabalho naquela mesma noite. Em pouco tempo eu já estava familiarizado com os pacientes, as alas e toda a equipe do hospital. Estava com a barba e o bigode bastante crescidos como um disfarce. De todo modo, naquela região ninguém me conhecia. E quando dei por mim sentia-me feliz e realizado.

É... Sentia-me feliz pela primeira vez na minha vida. Percebi que auxiliar o próximo me fortalecia. Sentia que quanto mais eu me doava em amor mais amor eu recebia e preenchia todo o meu ser. Aprendi que auxiliar irmãos e irmãs com o coração e com sentimentos verdadeiros de amor e caridade, sem esperar nada em troca, nos fortalece como filhos de Deus. Torna-nos pessoas melhores.

Consegui olhar para as pessoas ao meu redor e me colocar em seus lugares. Verifiquei que o mundo não girava em torno do meu umbigo, dos meus problemas, e que eu não era o único a ter desafios na vida. Aliás, conheci inúmeros pacientes com desafios bem maiores do que os meus, mas que mostravam força e perseverança em superá-los.

Assim, compreendi que de uma forma ou de outra é sempre possível encontrar solução ou soluções para toda e qualquer lição que a vida nos apresente. Desta maneira comecei a transbordar gratidão pela vida. Gratidão por estar vivo. Gratidão por minha vida. Gratidão pela minha saúde. Gratidão por ter tido a oportunidade de estudar a medicina que eu tanto amava. Gratidão pelo... Pelo meu pai... Sim... Comecei a perceber o lado humano dele. Entendi que seu comportamento truculento era fruto de suas próprias inseguranças. Quanto mais alguém se coloca na defensiva de tudo e todos, mais se percebe o quanto essa pessoa se sente inferior a tudo e todos. Pessoas equilibradas e em paz consigo mesmas agem de maneira suave. Vejamos o exemplo do mestre Jesus que é puro amor. Ele demonstrou com seu modo de ser um perfeito equilíbrio em Deus.

O vazio que eu sentia em meu coração preencheu-se completamente do amor de Deus ao me doar. Comecei a pensar muito nas palavras de Jesus, quais sejam: "amar ao próximo como a ti mesmo". E percebi que o amor ensinado por Jesus significa: reconhecer em todos os seres humanos espíritos irmãos e irmãs em evolução espiritual; e desejar ao próximo, sem uma única exceção, o que para nós desejamos: a paz interior, a felicidade e a serenidade absolutas.

É... Ao nos doarmos ao próximo, nosso coração se inunda de amor universal e o vazio simplesmente desaparece. Portanto, caso o amigo leitor e a amiga leitora sintam algum vazio no coração, preencha-o com o amor de Deus. É possível que alguém ao seu lado, neste momento, esteja precisando de um sorriso, de uma palavra amiga e encorajadora ou que você simplesmente ouça essa pessoa. Faça isso e perceba que o vazio do seu coração se preenche de amor.

E a consequência de tudo isso foi que, com o passar do tempo, deixei de acreditar que eu não servia para nada. Compreendi que eu sou útil e pensar que eu não passava de um nada, era fruto de um sentimento egoísta de não olhar o irmão e a irmã que estava ao meu lado. A partir daí passei a agradecer a minha vida todos os dias em todos os momentos. Transformei sentimentos derrotistas em sentimentos de gratidão pela vida.

E dois meses se passaram. A Mariana não falava mais em ir embora para a Europa e eu não me atrevia a perguntar, pois não queira ouvir isso dela de jeito nenhum. Ela continuava a trabalhar no hospital e eu ficava muito feliz quando éramos designados para fazer plantões juntos.

Isso porque nessas noites quando o movimento no hospital desacelerava, tínhamos a oportunidade de sentar na beirada do lago e admirar o céu às vezes coalhado de estrelas e outras com a lua cheia a nos inundar com sua maravilhosa luz prateada.

Numa dessas noites olhei à Mariana e senti um aperto no peito como se algo estivesse para acontecer que mudaria completamente o rumo de nossas vidas. Espontaneamente, desta vez, eu tomei a iniciativa de pegar em uma das suas mãos e senti uma grande emoção. Meu coração disparou... Olhamos dentro de nossos olhos e percebi que a amava. Beijamo-nos e silenciosos olhamos o céu. Não havia palavras a serem ditas naquele momento...

Até que senti que era à hora de eu retomar a minha vida, fora dos muros do hospital... E escutei batidas muito fortes no portão de entrada do abençoado local em que eu me encontrava.

Capítulo XII

Olhar a vida de frente e vivenciá-la com coragem

– Vamos até o portão. Há alguém desesperado para entrar aqui – falei à Mariana.

– Leopoldo não há necessidade de você se arriscar. E se forem os homens do seu pai atrás de você? Por favor, aguarde um instante que eu vou verificar – falou a Mariana. Mas eu segui à sua frente. Não me esconderia mais da vida nem tampouco de ninguém.

E nos deparamos com a Bastiana. Ah! Que felicidade revê-la. Quanta saudade. Abraçamo-nos emocionados.

– Nem credito qui tô vendo meu menino forte e corado. Que benção de Deus, de Nosso Senhô Jesus Cristo e de Nossa Senhora. Ocê tá curado meu fio. Que felicidade. Que presente di Deus, de Nosso Senhô Jesus Cristo e de Nossa Senhora. Ocê e a dotôra Mariana tão cum cara de amor um pelo outro. Que felicidade. Ocêis se ama. Que beleza! Que benção! Eu sabia qui isso ia dá em casamento.

E a Bastiana ficou séria.

– Meu fio eu tive que vim aqui. Os hôme do vosso pai prenderum o Raimundo e o Joaquim e levarum eles pra delegacia. Eles tá jogado na cela imunda faiz um monte de dia. Nóis num sabe o qui fazê. Tamu preocupado. Eles vai acabá sendo morto. A Glória tá desesperada.

"Eu num sei cum quem falá. Foi pur isso qui eu vim aqui. Tarveiz ocês tem arguma ideia. Nóis precisa fazê arguma coisa. Vosso pai diz qui o Raimundo cum o Joaquim qui te tiro daquele lugar dos inferno, o sanatório, qui ocê quase morreu. E vosso pai já avisô que vai acabá cum a Glória tumbém e logo mais eu tumbém vô respondê por tê escondido ocê. Claro, que ele desconfia de eu, meu fio. Logo eu tumbém vô sê presa".

– Eu sei o que fazer Bastiana. Vou pegar alguns pertences. Agradecer e despedir-me dos meus grandes amigos deste hospital e vamos até a delegacia – falei resoluto e muito firme em minha decisão.

– O menino ficô maluco? Se ocê vai pra delegacia eles prende ocê.

– Então que assim seja Bastiana. Não vou deixar dois inocentes presos. Sei o que estou fazendo e não temos tempo a perder – falei e pedi com toda a força do meu coração a Deus que eu fosse intuído para proceder da melhor forma que eu pudesse.

– E agora? O Leopoldo será preso – falou o Lupicínio, preocupado com os acontecimentos, os quais ele acompanhava do Plano Espiritual com os irmãos Lucinda e Belquior para fins de aprendizado e terapêutico.

– Lupicínio, por favor, continue orando e enviando luz para o nosso irmão Leopoldo e os seus amigos de jornada – disse a Lucinda com amor. – Energias de preocupação sempre atrapalham e desestabilizam. Confie na providência divina. Observe que, neste momento, o Leopoldo toma decisões importantes para superar os inúmeros desafios a que se propôs superar nesta encarnação, entre os quais, o medo de viver, acreditar em sua força interior e desenvolver a compaixão, ou seja, aceitar o outro como ele é.

– Veja Lupicínio – e desta vez falou o Belquior –, que ao agir com decisões baseadas nas Leis de Deus, de amor e caridade, o Leopoldo abre-se para receber e se inunda cada vez mais na luz de Deus. Verifique que esse seu firme proceder formou uma barreira de luz energética contra a Eugênia que não desistiu, ainda, de tentar prejudicá-lo.

E eu me despedi da família Schmidt com profundo agradecimento. Deixei muitos abraços para toda a equipe, uma vez que não pude me despedir pessoalmente de todos devido à alta hora da madrugada. E a Mariana logo apareceu com sua pequena mala a dizer que iria comigo e com a Bastiana.

– Mariana, a situação por lá é muito perigosa para você. Meu pai vai acusá-la de cúmplice em me tirar do sanatório. Você será presa e a briga dos nossos pais provavelmente aumentará ainda mais.

– É o momento de seguir a vida. Não quero e não vou mais me esconder atrás dos muros deste hospital. Vamos em frente.

E assim foi. Nós três tomamos o trem. A viagem transcorreu sem quaisquer problemas e finalmente chegamos ao nosso destino. Respirei fundo. Pedi novamente a proteção de Deus, dos anjos e segui acompanhado das duas corajosas mulheres que eu mais amava na vida, a passos firmes em direção à delegacia.

– Bom dia – cumprimentei calmamente o delegado que ao ver-me, pulou da cadeira tamanho susto.

– Doutor Leopoldo! Estamos trabalhando para localizá-lo vivo ou morto há tempos – conseguiu gaguejar o delegado Queiroz –, o coronel Jerônimo enlouqueceu ainda mais depois do seu sumiço.

– Pois bem. Aqui estou para dizer que há dois inocentes presos nesta delegacia: o Raimundo e o enfermeiro Joaquim. Eu fugi do sanatório. A responsabilidade é minha. Portanto, esteja à disposição para me prender – falei resoluto.

Sem dar atenção ao que eu havia dito, o delegado ordenou a um de seus guardas que fosse avisar o meu pai sobre a minha presença na delegacia. E ordenou a outro guarda, por ordens do meu pai, que assim que me visse prendesse a mim e quem quer que estivesse comigo que seriam acusados de cúmplices da minha fuga do sanatório.

– Pensei que o delegado aqui fosse o senhor e não o meu pai – falei.

– Doutor Leopoldo, eu sou o delegado – disse envergonhado – mas quem manda e é a lei por aqui é o seu pai e o senhor sabe disso.

– É... Enquanto ninguém tomar atitudes para mudar essa situação, ele vai continuar a fazer o que bem entender com a vida de todos.

– Mas quem sou eu para tentar algo contra o vosso pai? Eu tenho família e filhos para criar.

– Ao que parece a maioria das pessoas pensa como o senhor e as coisas continuam do mesmo modo...

– Sei que o senhor não é louco. Mas infelizmente não posso fazer nada. Guarda: prenda estes três – falou o delegado muito envergonhado de sua atitude e sem ter coragem de olhar nos olhos de nós três.

E eu fui levado para a cela em que se encontravam o Raimundo e o Joaquim. A Mariana e a Bastiana foram colocadas na cela ao lado da nossa.

– Como é que pegaram o senhor? Perguntou o Joaquim assustado ao ver-me. – Acreditei que estivesse bem escondido. Mas olha só! Recuperou-se completamente. Que maravilha. Achei que o senhor não fosse conseguir sobreviver. Vejo um milagre a minha frente.

– Ninguém me pegou. Vim aqui por livre e espontânea vontade. A Bastiana avisou da prisão de vocês e eu não pude ficar parado. Vocês arriscaram suas vidas para me salvar e agora é a minha vez.

– Aqui dentro o sinhô num vai resolvê nada – disse o Raimundo preocupado.

– Ainda não sei de que forma. Mas toda essa situação será resolvida de um modo ou de outro – falei. E demos as nossas mãos e fizemos uma linda oração.

Até que pouco tempo depois ouvimos uma gritaria do lado de fora da delegacia. Reconheci a voz do meu pai que se aproximou das duas celas e colocou-se em frente à grade daquela em que eu me encontrava. Olhei nos seus olhos sem qualquer resquício de medo. Senti piedade daquele homem completamente perturbado psiquicamente e pedi o auxílio de Deus.

– Porco miserável. Está vivo? Era para você estar morto. Aberração. Como é que continua vivo depois de levar tantos choques naquele sanatório? Isso é culpa desses desgraçados que te tiraram do lugar de onde você só deveria ter saído direto para o cemitério – e o meu pai apontou o dedo para o Raimundo e o Joaquim e não vira devido ao seu estado alterado a Mariana e a Bastiana presas na cela ao lado da minha.

Seus xingamentos e palavras ofensivas não mais me afetaram. Continuei a fitá-lo e disse calmamente que eu procuraria um advogado para, com os laudos do casal de médicos Schmidt eu provar que não eu padecia de qualquer doença mental.

– Essa agora! Você não prova nada. Imbecil. Quem manda nesta espelunca de cidade sou eu! Você sabe disso – gritou meu pai.

– Não é bem assim, coronel. As coisas vão mudar – falei.

E somente, então, meu pai se deu conta de que a Bastiana e a Mariana também estavam presas.

– Ah! Bastiana! Você está no lugar em que sempre deveria ter ficado, ou seja, enjaulada como um bicho que você é. E quanto a você Mariana, não passa de uma rameira vagabunda. Só pode mesmo ser filha daquele imundo e invejoso do Aguiar para estar metida nesta sujeira toda.

– Não ouse dirigir nenhuma palavra à minha filha, desgraçado. Retrate-se. Caso contrário eu acabo com os seus miolos neste instante – gritou o coronel Aguiar com um revólver apontado para a cabeça do coronel Jerônimo.

– Se me matar, coisa dos infernos, meus homens que estão atrás de você te matam também.

E armas foram apontadas para a cabeça do coronel Aguiar.

– Abaixem as armas – gritou o padre Bernardo que entrou esbaforido no recinto. O que querem? Mais derramamento de sangue? Chega dessa guerra pelo amor de Deus. Estou farto com a insensatez de vocês dois! Aliás, todos nesta cidade estão fartos!

– Padre – falou o coronel Aguiar –, não se meta aonde não é chamado. Seu lugar é na igreja ouvindo confissão das mulheres chorosas e abençoando criancinhas famintas.

– Meu lugar é aqui sim. Por favor, ordeno que abaixem as armas em nome de Deus, de Jesus e da Mãe Maria – disse o padre com tanta veemência que assustados e para a surpresa de todos, às armas foram abaixadas e o coronel Aguiar gritou com a sua filha:

– Sua mentirosa. Era para você estar na Europa. Mas quando soube que estava presa nesta espelunca eu vim correndo para ter certeza. Você vai ver quem manda em você. Será trancafiada em casa a pão e água!

– Não vai me levar não. Tenho idade suficiente para cuidar da minha própria vida – respondeu a Mariana sem medo.

– Quer saber? Eu te renego como filha. Você está morta para mim e deserdada. Ouviu bem? Delegado: fique com a desgraçada. Ela é uma criminosa. Acobertou a fuga de um demente mental que é o filho mulherzinha do coisa ruim do Jerônimo – e o coronel Aguiar virou as costas e foi embora.

– Muito bem. Agora é comigo. Vocês vão apodrecer na cadeia – falou o coronel Jerônimo.

– Pai – falei e olhei fundo em seus olhos, os quais ele desviou. – O problema da sua vida sou eu e aqui, preso, estou. Por favor, liberte os outros. Eles não têm nada a ver com toda esta situação.

– Cale a boca e não dirija a palavra a mim. Mas eu ainda te dou uma chance. Faça o que eu mandar. Transforme-se no político que eu quero e eu te tiro daqui agora. Deixe de ser uma vergonha para a nossa família. Todos riem de nós pelas costas. Sua mãe e sua irmã estão arrasadas. Só são aceitas pela alta sociedade local, ainda, porque quem manda por aqui sou eu. Mas elas escutam os risinhos das amigas frívolas delas.

– Jamais serei quem o senhor quer que eu seja – falei firmemente e sem nenhum resquício de medo.

E o meu pai olhou-me pasmo com a resposta que lhe dei. Saiu da delegacia, mas não sem antes dizer que ia providenciar a "estadia" eterna de todos nós com trabalhos forçados no meio da Floresta Amazônica. Quanto ao padre ele providenciaria que a Igreja o excomungasse.

O delegado, sem forças e com vergonha de si mesmo, agachou seu corpo magro e sofrido ao chão em frente às duas celas, começou a chorar copiosamente e perguntou ao padre:

– O que eu faço padre? Não aguento mais compactuar com as ordens insensatas e descabidas do coronel Jerônimo. Sinto-me um idiota. Aqui nesta delegacia ele prende e solta quem quer. Os outros coronéis até tentam mandar em alguma coisa, mas como o coronel Jerônimo é proprietário de quase todas as terras e a água brota do fundo das suas propriedades, todos dependem dele e se calam às suas ordens.

"Mesmo porque quem não cumpre as ordens do coronel ele ameaça com represálias contra a própria vida da pessoa e dos seus familiares. Ameaças essas, que ele sempre cumpre. Não sei o que fazer. Estou farto de tudo isso. Estou farto! Não aguento mais!

"Eu sei que os cinco que estão dentro dessas celas são inocentes. O que fazer? O que fazer? O que fazer? O doutor Leopoldo não é louco e se não o tirassem daquele sanatório ele já estaria morto."

E o desespero tomou conta do delegado Queiroz que chorava copiosamente.

– Calma, meu filho – falou o padre Bernardo, como sempre, com muito amor, e passou a mão carinhosamente sobre a cabeça do delegado. – Vamos todos ajoelhar e orar a Deus, a Jesus e a nossa mãe, Nossa Senhora.

E assim foi feito. Todos se ajoelharam e ouviram atentos às palavras do padre Bernardo.

– Deus Pai Todo Poderoso, Jesus nosso Mestre, agradecemos por nossas vidas. Agradecemos a recuperação do doutor Leopoldo. Suplicamos auxílio! Humildemente pedimos discernimento para o melhor agir no caminho de Deus.

O padre benzeu a cada um de nós e conforme o fazia via-se no Plano Espiritual que o corpo físico e o corpo espiritual do padre irradiavam uma linda e suave luz branca que preencheu todo o ambiente. E da ponta dos dedos de suas mãos eram projetados raios de luz ora azul, ora dourado, ora rosa, ora branca, ora verde e ora violeta. Raios esses que inundaram a todos os ali presentes, principalmente nossos corações e cérebros.

Olhamo-nos todos de modo fraterno e a esperança brotou em nossos corações. De modo espontâneo nos demos às mãos. E eu agradeci a

Deus, a Jesus e a todos ali presentes o auxílio que recebi para conseguir fugir do sanatório e a minha total recuperação. Após aquele momento de paz, nos assustamos novamente e desta vez foi com os gritos de uma mulher que parou em frente às nossas celas. Era a esposa do delegado, desesperada, carregando duas crianças no colo que ardiam em febre.

– Senhor meu marido. Não sei o que fazer. Nossas crianças vão morrer. Trouxe estas porque estão piores. Mas os nossos outros cinco filhos, também, já estão com a febre. Estou desesperada. Essa febre já matou a dona Olinda, o senhor Clementino, duas crianças da Marcolina, uma da Conceição e o seu marido. Tem muito gente pegando essa doença que mata sem dó nem piedade. Os trabalhadores dos coronéis estão morrendo e por isso as fazendas desta região estão praticamente abandonadas. Que febre é essa? O que vamos fazer? Doutor Leopoldo e doutora Mariana o povo já sabe que os senhores estão aqui. São os únicos médicos da região. Precisamos da ajuda dos senhores. Por Deus, Nosso Senhor Jesus Cristo e Mãe Maria nos ajudem.

Olhei para a Mariana e tivemos o mesmo pensamento. A febre só podia ser um dos sintomas da gripe conhecida por gripe espanhola[39] que

---

39. A "gripe espanhola" infectou mais de seiscentos milhões de pessoas e levou à morte, entre vinte e quarenta milhões de indivíduos no mundo todo, em um curto espaço de tempo, ou seja, de 1918 a 1919.
A doença se manifestou em três ondas: a primeira emergiu em março de 1918 e embora muito contagiosa, apresentou um índice bastante baixo de mortalidade. Causava mal-estar e febre por não mais do que três dias. Na segunda onda, em agosto de 1918, a doença tornou-se mortal e espalhou-se pelo mundo. E a terceira onda, menos virulenta, surgiu em janeiro de 1919, estendendo-se em alguns lugares até 1920.
E só para se ter uma ideia, a gripe espanhola matou mais que as nove milhões e duzentas mil pessoas mortas (número aproximado), nos campos de batalha durante a Primeira Guerra Mundial (1914-1918).
Quanto ao nome da doença esclareça-se que "quando a gripe irrompeu na Espanha, a notícia foi fartamente veiculada pela imprensa espanhola e mundial e logo as autoridades admitiram sua existência (Porras Gallo, 1997, pp. 71-72). Tal não ocorreu, nos outros países da Europa em que a doença incidiu. Diferentemente da Espanha, tais países estavam envolvidos na Primeira Guerra Mundial, e seus órgãos de imprensa voltavam-se para o conflito, além de sofrerem forte censura (Echeverri Dávila, 1993). Assim, por ter sido Espanha a dar o primeiro alarme, a todos pareceu que a epidemia tivera origem lá. Desde então, passou a ser conhecida como 'gripe espanhola" (Christiane Maria Cruz de Souza "in" "A epidemia de gripe espanhola: um desafio à medicina baiana").

estava a matar quase todos, pelo mundo que a contraíssem. Sabíamos que essa gripe já havia chegado ao Brasil, mas não tínhamos conhecimento de que já estava na nossa região. O delegado parou de chorar, olhou para a esposa, para as suas crianças e abriu as celas.

– De agora em diante retomo as minhas funções de delegado. Recuso-me a prender inocentes. Caso o coronel mandar me matar nada posso fazer. Só sei que preciso ficar em paz com a minha consciência. Sendo assim, solto vocês imediatamente e se quiserem fugir o façam – falou o delegado enquanto saíamos de dentro das celas.

– Doutor Leopoldo e doutora Mariana, por favor, salvem minhas crianças – pediu em súplica a mulher do delegado.

Examinamos as crianças e confirmamos com os nossos olhares que se tratava da gripe mortal, a gripe espanhola.

– Vamos fazer o possível por suas crianças, senhora Queiroz – falei. – Mas por hora, precisamos improvisar um hospital. Os doentes precisarão ficar isolados.

– A igreja pode se tornar um hospital – sugeriu o padre.

– Obrigado padre. Assim seja. Vamos à igreja – falei.

No Brasil, a gripe espanhola chegou ao final do mês de setembro de 1918: marinheiros que prestaram serviço militar em Dakar, na costa atlântica da África, desembarcaram doentes no porto de Recife. Em pouco mais de duas semanas surgiram casos de gripe em outras cidades do Nordeste, em São Paulo e no Rio de Janeiro. Por volta de 65% da população brasileira foi infectada, com mais de 35 mil mortes registradas (Fonte: http://www.invivo.fiocruz.br/cgi/cgilua.exe/sys/start.htm?infoid=815&sid=7).
Fonte das informações:
Artigo: "A epidemia de gripe espanhola: um desafio à medicina baiana". Autoria: Christiane Maria Cruz de Souza (Professora e pesquisadora do Núcleo de Tecnologia e Saúde/Centro Federal de Educação Tecnológica da Bahia). "In" História, Ciências, Saúde-Manguinhos – versão impressa ISSN 0104-5970 – Hist. cienc. saúde-Manguinhos v. 15 n. 4 Rio de Janeiro out./dez. 2008 – <http://dx.doi.org/10.1590/S0104-59702008000400004>
Acesso digital: <http://www.scielo.br/scielo.php?script=sci_arttext&pid=S0104-59702008000400004&lng=pt&nrm=iso> Acesso em 12.02.14.
Fundação Oswaldo Cruz – Fiocruz – <http://www.invivo.fiocruz.br/cgi/cgilua.exe/sys/start.htm?infoid=815&sid=7> Acesso em 12.02.14.
(Nota da Sandra)

Capítulo XIII

Atitudes concretas e positivas com a vida

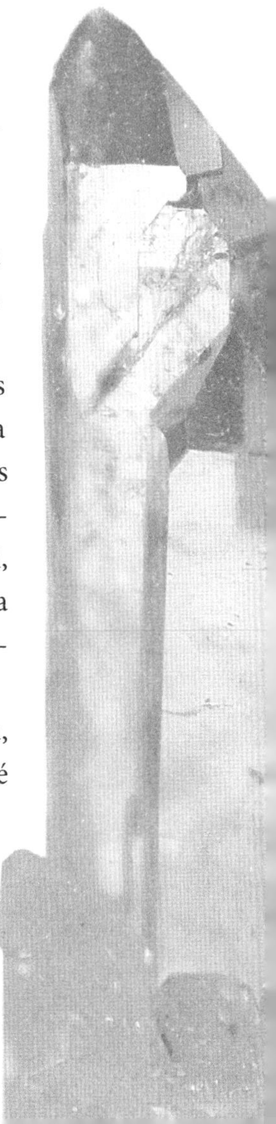

Saímos da delegacia e nos deparamos com várias pessoas a ampararem seus entes queridos com os sintomas da gripe. Seguimos à igreja, acompanhados pelos doentes e seus familiares. Em poucos minutos alcançamos a igreja e vimos mais pessoas doentes. A doença já havia se alastrado pela região.

Entramos na igreja, retiramos os bancos e improvisamos camas com redes e palhas de milho. A Bastiana chamou a benzedeira Maria que prontamente veio à igreja com várias outras mulheres para prepararem chás com plantas terapêuticas aos doentes. Os dias se passaram e a gripe, implacável, matava praticamente todos que a contraíam. O poço de água da igreja secou e nos vimos sem água e comida para alimentarmos os doentes e a nós.

– Água, frutas, verduras, legumes e galinhas, Mariana, somente conseguiremos nas terras do meu pai. Portanto é para lá que eu vou agora – falei.

– Talvez seu pai não permita que você nem ao menos entre na fazenda. E o pior, talvez, algum jagunço esteja a postos para te matar – disse a Mariana muito preocupada.

– Não temos outra saída. Vou à fazenda agora mesmo. Solicitarei que alguns homens sigam comigo com carroças e barris. Preciso trazer a maior quantidade de água, frutas, legumes, verduras e galinhas que puder.

– Então eu vou com você e dirijo uma das carroças.

Tentei demover a Mariana desta ideia, mas não houve jeito. E pelo fato de que não tínhamos tempo para discussões, fomos os dois com um grupo de homens para a fazenda do meu pai. Ao lá chegarmos, vimos que a fazenda estava realmente abandonada como nos havia dito a esposa do delegado Queiroz. Os trabalhadores, provavelmente com a gripe, não se encontravam em seus postos de trabalho. Também não vi jagunços a proteger a fazenda. E eu pedi aos homens que nos acompanhavam a providenciarem a água e a comida e segui com a Mariana à casa do meu pai.

O quadro com o qual nos deparamos foi assustador. Minha mãe Aurélia, estava estendida morta sobre um dos sofás da sala e meu pai, em outro sofá, bebia pinga e conversava com ela como se estivesse viva. Ao ver-me, mesmo bêbado, chamou-me de verme e ordenou que eu me retirasse de sua casa com a vagabunda da Mariana. Ficamos parados por alguns instantes à soleira da porta, até que meu pai, cambaleante, aproximou-se de mim para esbofetear-me. Antes que isso acontecesse, segurei firmemente seu braço:

– Não se atreva meu pai – falei de modo firme.

Ele encarou-me com a pele rubra de ódio. Tentou me bater com o outro braço, o qual eu também imobilizei.

– Só porque eu custeei seus estudos de medicina – disse o meu pai –, você se acha o bom, o superior. Você é um lixo. Imbecil. Solte-me. Lixo! Burro! Aberração!

– Não meu pai. Não me acho o bom – respondi olhando em seus olhos, com calma, firmeza e sem quaisquer resquícios de medo. – Não sou melhor tampouco pior do que ninguém. Não sou um lixo e muito menos uma aberração. Tenho muito valor. Aprendi que devo acreditar em mim mesmo. Sou filho de Deus assim como o senhor o é. E agora vou soltar seus braços, mas não tente nada.

E meu pai espantado com minha atitude ficou quieto por alguns instantes.

– Vou enterrar minha mãe – falei com convicção e a olhei-a com tristeza e pedi do fundo da minha alma, que Deus a amparasse. – Após o enterro, informei meu pai, vou ajudar os homens que vieram comigo a encher barris com água e cestas com galinhas, legumes, verduras e frutas. São muitos os doentes.

– Como ousa mexer nas minhas coisas? Proíbo-o.

– Sinto muito, meu pai. Vou fazer isso sim. Não há outra opção. Só há água e lavoura em suas terras porque o senhor jamais permitiu que poços fossem perfurados pela região e a população deixasse de depender da sua água, pela qual, aliás, o senhor sempre cobrou uma exorbitância. E tem mais um detalhe: parte desta fazenda era da minha mãe. Agora que ela morreu, uma grande porção destas terras passa a pertencer a mim e a minha irmã.

Meu pai fingiu que não deu atenção ao que eu disse e ameaçou chamar seus capangas para me matarem.

– Os empregado do sinhô coronel tão tudo doente. Um montão dos capanga já morreu ou tão a beira da morte. E o sinhô coroné já sabe disso tudo – falou o Donato, o trabalhador do meu pai que me havia levado de carroça ao sanatório e que entrou esbaforido pela sala.

"Mais eu vim aqui pra pedi água pro coroné e tumbém umas galinha pra alimentá os doente. E tumbêm eu vi o doto Leopoldo chegá aqui. Dotô, eu imploro, leva os doente daqui pra igreja. Eles já sabe que o sinhô tá aqui junto da dotôra Mariana. Eles já tão se achegando aqui em frente da casa grande. Escuita o barulho do povo se achegando atrais do sinhô. Ajuda nóis pelo amor de Deus e Nosso Senhô Jesus Cristo. Nóis num sabe mais o que fazê. Nossas famía e amigo tão tudo morrendo."

E o homem se ajoelhou à frente mim a implorar perdão por ter me levado ao sanatório. Levantei-o pelos braços, disse que era a Deus e não a mim que o pedido de perdão deveria ser dirigido e pedi que ele fosse auxiliar os homens a encher os barris de água e carregar as carroças com alimentos para os doentes na igreja.

– Donato: Não se atreva a obedecer meu filho ou chuto você e toda a sua família fedorenta para fora das minhas terras.

– O sinhô me adescurpe, mais meus fio já morrerum cum a febre. Tô só cum minha muié qui também já tem a febre. Eu vô obedecê, sim, o dotô Leopoldo.

E o Donato retirou-se da sala e não deu ouvidos aos xingamentos e ameaças do meu pai que descontrolado passou a quebrar, chutar e jogar tudo o que via à sua frente. Segurei-o pelos braços e o obriguei a sentar-se. Não foi difícil, pois ele estava completamente entorpecido pelo álcool.

No sofá ele começou a contorcer-se e dizer que seu corpo estava virando uma cobra. Deferi-lhe tapas em seu rosto na tentativa de tirar-lhe daquela loucura. Seu espanto foi tamanho que se deixou cair completamente sobre o sofá, pegou uma garrafa de pinga que estava ao chão e a sorveu a grandes goles até o nefasto líquido acabar. Muito embriagado acabou por ficar quieto.

Olhei o corpo da minha mãe e enquanto o tirava da sala com a ajuda de alguns homens, minha irmã apareceu, a arder em febre e pedir-me ajuda. Amparei-a em meus braços e a fiz sentar sobre uma poltrona da sala. Pedi que ela aguardasse eu tomar as providências com o corpo da nossa mãe que logo eu voltaria para buscá-la e levá-la ao hospital improvisado da igreja.

Saí com o corpo da minha mãe no colo e deparei-me com dezenas de homens, mulheres, crianças e idosos desesperados e a pedir ajuda para salvá-los da febre e, também, enterrar seus entes queridos já mortos ali trazidos.

– O jeito – falou o Donato – vai sê abri uma vala dotô Leopoldo. Tem muito morto. Vamu colocá eles tudo junto e enterrá. Eu vô atrás de uns home e nóis vamo fazê o serviço. Eu e uns outro ainda num tá doente e podemo ajudá. O sinhô já vai tê muito trabaio pra cuidá dos doente. Cruz credo! Que Deus e Nosso Sinhô Jesus Cristo leve embora essa febre dos inferno.

E após o enterro comunitário, inclusive com o corpo da minha mãe, retomamos o caminho de volta à igreja com a minha irmã Olímpia, muitos doentes e guarnecidos com água e comida. O alvoroço em frente à igreja estava bem maior do que antes de irmos à fazenda do meu pai. Pessoas doentes não paravam de chegar. A igreja estava completamente lotada. Mal cabia uma mosca a mais. E o Raimundo, o padre Bernardo, o Joaquim, a Bastiana, o delegado Queiroz, a benzedeira Maira e os que não tinham contraído a gripe faziam o que podiam para auxiliar os doentes.

Mulheres preparavam caldos de galinha. As benzedeiras preparavam com a água chás e compressas para que fossem colocadas sobre a testa dos doentes na tentativa de que a febre abaixasse. Homens faziam mais camas improvisadas para serem colocadas no galpão atrás da igreja, já que a parte de dentro estava completamente lotada de doentes. A Mariana, eu e os que ainda tinham forças, fazíamos o que podíamos para aliviar os sintomas da gripe. Cuidávamos das compressas dos doentes, dávamos caldo de galinha e chás na boca daqueles que ainda conseguiam ingerir algum alimento, embora não tivessem mais forças para o fazerem sozinhos. Cuidávamos também da higiene de cada um. Mal dormíamos. Estávamos extenuados. E os mortos eram enterrados em valas abertas pelo Donato com a ajuda de homens ainda saudáveis.

Mas a igreja começou a esvaziar. Praticamente ninguém sobrevivia àquela gripe. E depois de certo tempo as pessoas começaram a ter medo de se aproximar da igreja e pegar a gripe. Passaram a abandonar os corpos dos seus entes queridos em frente à igreja para que nós os enterrássemos.

Víamos irmãos e irmãs morrerem um após o outro. O ar exalava cheiro de morte. A tristeza era indescritível. Famílias inteiras foram mortas. Mas nosso pequeno grupo não desistia e perseverava no trabalho incessante com os doentes. E nos momentos de oração, guiados pelo caridoso padre Bernardo, conseguíamos sentir um pouco de paz.

No plano espiritual viam-se falanges de espíritos de luz que auxiliavam incessantemente nos desligamentos dos corpos físicos dos corpos espirituais. Aplicavam remédios espirituais nos alimentos e água para todos. Luzes eram irradiadas pelos trabalhadores de Deus por toda a igreja e a cidade. E gripe levou a minha irmã Olímpia, a esposa do delegado com todos os seus filhos, a Glória, mulher do Raimundo e seu bebê, além dos pais e do irmão da Mariana.

Até que para meu desespero eu percebi que a Mariana estava com a febre. Sentei-me ao seu lado, segurei em uma de suas mãos e orei fervorosamente a Deus para que ela não partisse. Mas seu corpo em poucos dias já definhava. Permaneci ao seu lado o tempo todo. Até que, sem forças e completamente fatigado, adormeci. Acordei horas depois e a Mariana não estava mais deitada ao meu lado. Bastou um olhar da Bastiana, do Raimundo, do delegado Queiroz, do Joaquim e do padre Bernardo a mim para eu entender que ela havia partido deste mundo físico.

Chorei desesperadamente e um forte sentimento de que ela ainda vivia no plano físico aflorou com muita força dentro de mim. Eu ouvia a todo instante: "corra, corra até a Mariana. Ela está viva. Parece morta, mas ainda vive". Eram palavras da Lucinda, do Belquior e do Lupicínio a me intuírem. E eu resolvi acreditar nessas "vozes". Decidi seguir o que me coração pedia e saí em disparada até a vala onde ela fora enterrada.

Pedi que desenterrassem os corpos, pois eu sabia que a Mariana estava viva. O Raimundo, o Donato, a Bastiana, o padre Bernardo, o Joaquim e o delegado Queiroz me olharam desolados. Tentaram me convencer de que ela estava morta. Mas eu, feito louco, comecei a tirar a terra sobre os corpos com as próprias mãos. "Ela está viva" – eu gritava.

E os meus amigos resolveram me ajudar a desenterrar os corpos por piedade a mim, já que eles tinham certeza de que a Mariana estava morta. Cheguei ao seu corpo todo sujo de terra. Pedi o mais absoluto silêncio e coloquei um dos meus ouvidos em seu peito. Senti a sua pulsação muito fraca. Procurei pulsação em seu pulso e a encontrei.

– Ela está viva meus amigos! Gritei exultante de alegria.

Todos me olharam desolados e o silêncio era completo. Ninguém acreditava em mim. Até que a Bastiana gritou: "Ela tremeu os óio". Todos, então, se aproximaram do corpo e viram que a Mariana ainda respirava milagrosamente. Meu coração disparou de tanta emoção. Ajoelhei-me com os braços voltados para o céu e agradeci ao Pai pela benção de a Mariana estar viva na terra física. E os amigos espirituais Lucinda, Belquior e Lupicínio envolveram-nos todos com uma luz branca, que trouxe uma sensação de paz e esperanças para todos os que estavam ali naquele local.

A Mariana foi levada à igreja e eu, além de outros homens permanecemos no local para verificar se havia mais gente viva dentro das várias valas. Mas, não encontramos nenhuma outra pessoa com vida na Terra Física. Retornei à igreja e ao lá chegar tudo escureceu e eu não vi mais nada. Desmaiei. Exaurido de cansaço.

Capítulo XIV

A caminho do perdão

Ao ver-me caído sobre o chão a Bastiana correu ao meu encontro. Todos na igreja ficaram em polvorosa. "Não – diziam –, O dotô num pode morrê. Acorda dotô" – eu ouvia ao longe, mas não tinha forças para abrir os olhos.

– Será que o corpo físico do Leopoldo vai morrer? Perguntou o Lupicínio preocupado.

– Confie em Deus, filho – respondeu a Lucinda – O Leopoldo está exausto física e mentalmente. Ele mal dorme nem tampouco come há muitas semanas. Continuemos a enviar boas energias e bons pensamentos aos nossos irmãos e tenhamos fé – falou o Belquior.

Alguns dias se passaram e sob os cuidados da Bastiana comecei a recuperar minhas forças. Eu não havia pegado a gripe espanhola. O que eu tive foi exaustão. E assim que consegui ficar em pé fui ver a Mariana que para minha imensa felicidade melhorava a cada dia.

O tempo passou e as mortes em razão da gripe cessaram graças a Deus. A gripe mortal foi embora sem que soubéssemos a causa do seu aparecimento nem tampouco do seu desaparecimento. Iniciava-se o momento de recomeçarmos a vida. E com Mariana totalmente recuperada convidei-a para deitarmos sobre a grama atrás da igreja.

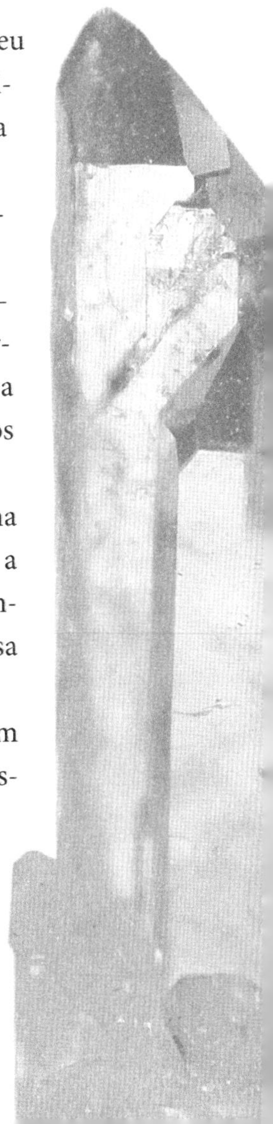

Com nossos corações em silêncio admiramos o céu estrelado, como o fazíamos quando estávamos no hospital do casal Schmidt.

– Case-se comigo – falei de repente.

– Caso – foi sua resposta imediata da Mariana ao mesmo tempo em que deu um lindo sorriso.

– Não temos casa para morar – falei. Ainda assim quer casar-se comigo? Veja meus bolsos – os coloquei para fora da calça – estão vazios –, brinquei com a Mariana.

– Não há problema Leopoldo, pois há algo que jamais faltará em nossa casa: galinhas[40]. E com galinhas sempre teremos comida em casa.

Demos boas risadas. Estávamos felizes apesar de tudo o que tínhamos visto e passado. Nós estávamos em paz... Fizemos o nosso melhor. E como é bom sorrir, rir... Há quanto tempo não ríamos! Nossos corações estavam leves... Sentia-me feliz e agradeci a Deus por toda a minha vida. Agradeci a Deus por tudo o que a vida havia me ensinado até então. Olhei mais detidamente as estrelas e comentei com a Mariana.

– As estrelas do céu me lembram de um "sonho" incrível que tive quando fui adormecido pelo enfermeiro Joaquim para fugir do sanatório. Não consigo me lembrar dos detalhes do sonho. Mas sinto que foi verdadeiro. Eu saí do meu corpo físico e fui levado para um lugar maravilhoso chamado "Casa do Acolhimento em Deus".

"Lembro-me de quatro pessoas muito amorosas que conversaram comigo. Seus nomes: Lucinda, Belquior, Aline e finalmente um senhor chamado Alfredo com o qual mantive um diálogo profundo e maravilhoso. Não me lembro exatamente das palavras dele. O fato é que eu sinto suas palavras e não sei explicar como isso se dá. Sinto suas palavras com o meu coração.

E uma das visões mais impressionantes do lugar foi à existência de um belíssimo lago com cristais em seu fundo. Cristais lindíssimos e com tanta luz que tive dificuldades em manter os olhos abertos. E a grande

---

40. Na época em que se passa a história era muito comum os médicos receberem galinhas dos seus pacientes, que não tinham recursos para pagar honorários, em agradecimento aos serviços prestados. (Nota do Leopoldo).

pergunta que sempre me faço: qual ou quais os significados dos cristais no fundo daquele lago?

– Talvez se você relaxar e desapegar-se da busca pela resposta, ela venha espontaneamente...

Fiz um sinal afirmativo com a cabeça e falei de supetão:

– Meu sonho é tornar esta região um lugar próspero Mariana.

– Talvez seu sonho seja um dos significados dos cristais. Então, mãos a obra meu futuro esposo. Vamos trabalhar por esta região... – E silenciamos de mãos entrelaçadas. Entretanto, uma gritaria nos tirou daquele doce momento. Era o meu pai, coronel Jerônimo, a berrar feito louco. Colocou-se a nossa frente, seguido da Bastiana, do padre Bernardo, do delegado Queiroz, do Raimundo e do Joaquim:

– Senhor meu pai: não se cansa de se exaltar? – Se quer pedir algo, faça-o com educação, por favor. Caso contrário, retire-se deste lugar – falei com determinação e olhei detidamente para o meu pai que estava bem mais envelhecido e magro do que antes de a gripe chegar a esta região. Os cabelos agora estavam totalmente brancos e a pele muito enrugada.

Senti compaixão por ele. Quanto sofrimento e desassossego aquele homem trazia dentro de si.

– Não é porque agora está por cima; que todos desta região gostam de você; que é o médico adorado que vai tripudiar de mim, aberração.

– Caso insista em gritar e proferir palavras ofensivas a mim, eu peço o favor de que se retire daqui. Caso não o faça, será forçado a isso. Ainda há pessoas convalescendo dentro da igreja que precisam de um ambiente tranquilo. Não admitimos escarcéus por aqui – respondi.

– Era só o que me faltava. Ninguém me força a nada – falou o meu pai assustado com a minha firmeza e abaixou seu tom de voz. Eu mando em tudo e todos por aqui.

– Aí é que o senhor se engana. Cada qual manda em sua própria vida – respondi com muita tenacidade.

– Eu sou seu pai. Você me deve obediência. Eu ordeno que vá comigo para a fazenda e trabalhe como eu mandar, já que a maioria dos indolentes morreu com a desgraçada da gripe. Caso contrário, não lhe darei um único centavo.

– Isso tudo acabou, senhor meu pai. Não me submeto mais aos seus mandos, desmandos e caprichos. Caso eu faço algo que o senhor me pedir, isso ocorrerá somente se eu achar correto e concordar. Quanto ao seu dinheiro, saiba que não quero um único centavo do senhor! – Falei convicto, mas sem ódio, nem tampouco raiva.

Meu pai olhou-me "espumando" de ódio. E intuído pela Eugênia, que passara a dedicar-se somente contra o irmão Jerônimo na tentativa de atingir-me indiretamente, já de modo direto não mais conseguia prejudicar-me, meu pai sacou seu revólver do bolso. Apontou a arma para a minha cabeça e disse que me mataria, pois somente assim todos os seus problemas acabariam. Falou, também, que ele fazia questão, "com muito gosto de me matar com suas próprias mãos, já que os imbecis do sanatório não haviam conseguido realizar tal intento para o qual haviam sido muito bem pagos".

E tudo foi muito rápido, pois o delegado Queiroz, ao perceber a intenção do meu pai em me matar, rapidamente segurou e abaixou o braço do meu pai de modo que a arma ficasse apontada ao solo. Seu outro braço foi imobilizado pelo Raimundo. E no momento em que o delegado Queiroz tentava retirar a arma da mão do meu pai, este foi mais rápido e disparou vários tiros que atingiram seus próprios pés. Ele caiu ao chão a fumegar muito ódio e proferir palavras de baixo calão contra todos. Parecia uma besta fera a gritar e se contorcer. Até que as suas forças se esvaíram e ele desmaiou, mas, não sem antes dizer que chamaria seus capangas para matarem a todos nós para queimarmos eternamente no quinto dos infernos.

No plano espiritual via-se o seu corpo físico e espiritual envolto em névoas nas cores preta e cinza muito densas. Os pensamentos do meu pai materializados espiritualmente em forma de horríveis monstros rodeavam todo o seu corpo físico e espiritual. E a Eugênia enlouquecida por meu pai não ter conseguido fazer com que meu pai me matasse, resolveu afastar-se do local e decidiu voltar ao seu castelo, para arquitetar outros planos para a minha destruição e a dele.

Enquanto isso o Belquior, a Lucinda e o Lupicínio enviavam energias de amor, calma e paz para todos, inclusive ao meu pai, que naquele momento era o que mais precisava de luz, muito embora ele se recusasse a receber a ajuda dos amigos.

– O irmão Jerônimo terá o seu tempo de despertar. Cada qual em seu ritmo. Despertamos progressivamente e Deus em sua infinita misericórdia aguarda o tempo que for – esclareceu a Lucinda ao Lupicínio.

Olhei para o meu pai, ali, caído e novamente senti compaixão. Meu coração se apertou ao ver o seu estado deplorável física e espiritualmente. Carreguei-o com a ajuda do Raimundo e do delegado Queiroz para dentro da igreja. Deitamos seu corpo sobre uma das camas improvisadas feita de palha de milho. Muito pálido, ele parecia um cadáver. Encharquei um lenço com éter e fiz com que ele respirasse para que sentisse o mínimo de dor possível enquanto eu, com a ajuda da Mariana, pudesse limpar; examinar e fazer os curativos nos ferimentos.

Por sorte, os projéteis transpassaram os pés do meu pai e não houve a necessidade de cirurgia. Depois de cerca de três horas meu pai abriu os olhos e passou a se contorcer com dores. Tentei fazer com que ele tomasse chá com propriedades analgésicas preparado pela benzedeira Maria, mas ele se recusou e jogou a xícara para longe. Seu desespero de estar ali com a gentinha que ele chamava de pobre e ignorante o transtornava mais do que a própria dor dos seus ferimentos. Recusava-se a aceitar os alimentos que a Bastiana lhe oferecia e, também, recusava-se a ser limpo das suas necessidades fisiológicas.

Contudo, ele tinha que estar limpo, pois a sujeira, com certeza, prejudicaria a cicatrização das feridas. Por esse motivo, o delegado Queiroz e a Bastiana me ajudavam a banhá-lo a força todos os dias. Não havia alternativa que não essa. Já com a comida, não havia como obrigá-lo a comer. Ele comia o mínimo, pois dizia que a comida servida pela Bastiana era para porcos. Seu corpo, então, começou a definhar e os seus pés a necrosar. A única solução para que ele não morresse, depois de muito analisar com a Mariana, foi à amputação dos seus dois pés. Preparamos uma improvisada sala de cirurgia na sacristia da igreja e solicitamos, via carta, a qual foi levada pelo Raimundo, a colaboração do casal Schmidt com o envio de medicação e equipamentos para o procedimento. E qual não foi nossa grata e feliz surpresa ao vermos o casal vir pessoalmente com o Raimundo para nos auxiliar com a cirurgia que, graças a Deus, correu dentro do esperado.

Os dias foram passando. Meu pai gemia de dor o tempo todo. Era muito triste ver o seu sofrimento. Eu tratava meu pai de modo gentil e fazia o possível para aliviar seu sofrimento. Eu sofria por vê-lo naquele estado e sem me dar conta o caminho para purgar meus sentimentos ruins para com ele iniciara-se. Passei a enxergá-lo como um filho de Deus que necessitava do meu auxílio não só como filho e médico, mas principalmente, como um ser humano, seu irmão, também, filho de Deus.

Capítulo XV

O poder da oração sincera

As semanas que se seguiram à cirurgia foram complicados. As feridas não cicatrizavam. Colocávamos unguentos, mas nada surtia efeito e meu pai contorcia-se em dor. Passou a dizer que ele tinha razão em ter me enviado para ser queimado na fogueira e isso porque eu era um afeminado. Dizia que eu e a Mariana tínhamos amputado seus pés para nos vingarmos dele.

Eu trocava os curativos dele várias vezes ao dia. E contava com o auxílio da Bastiana e da Mariana para o banharem e alimentarem. O tempo foi passando... A igreja não precisou mais ser utilizada como um hospital e como comemoração o padre Bernardo convidou a todos a participarem da primeira missa depois da gripe. A emoção foi forte para todos. Agradecemos a benção de estarmos vivos, homenageamos todos os que partiram à Casa do Pai Celestial e também, agradecemos o fim da Grande Guerra Mundial[41].

No plano espiritual durante a realização da missa via-se um lindo trabalho realizado por obreiros de Deus, entre os quais, a Lucinda, o Belquior e o Lupicínio. Reuniu-se suspenso no ar um grupo de sete trabalhadores que formaram

41. Refiro-me a Primeira Grande Guerra Mundial. (Nota do Leopoldo).

um círculo no centro da igreja. Esse círculo foi sucedido por outro de catorze obreiros e esse por outro círculo com vinte e um trabalhadores e assim sucessivamente, de modo que esses círculos preencherem toda a igreja.

O número de espíritos ali reunidos, no momento da missa, era incontável. Isso porque a noção de espaço na dimensão espiritual em que esses espíritos se encontravam é completamente diferente do que entendemos por espaço no Plano Físico. Para um grosseiro termo de comparação, pode-se dizer que enquanto, por exemplo, em um espaço físico do plano terreno cabem dez pessoas, há dimensões espirituais nas quais nesse mesmo espaço, pode caber um número infinito de espíritos. Quanto mais evoluído é o espírito mais sutil é a matéria do seu corpo, até chegar à perfeição que é a pura luz de Deus e em Deus.

Os obreiros de cada círculo deram as mãos e oraram a Deus, a Jesus e a Mãe Maria para que os habitantes do planeta Terra nos infinitos planos terrenos e espirituais despertassem à luz de Deus que está dentro de cada um. Os trabalhadores, então, juntaram as palmas de suas respectivas mãos e inclinaram seus corpos em um gesto de agradecimento a Deus, a Jesus, a Mãe Maria e a todos os presentes na missa.

Após o gesto de agradecimento, os obreiros impuseram suas mãos sobre todo o ambiente da igreja e irradiaram da ponta de seus dedos luzes em cores desconhecidas do plano físico. Com a igreja inundada de luz, os trabalhadores desfizeram os círculos e formaram grupos sendo que cada qual se dirigiu a um irmão ou irmã encarnada para ministrar um tratamento espiritual específico.

Enquanto isso, um grupo com cerca de trinta espíritos que se vestiam como frades da Ordem Religiosa dos Franciscanos irradiavam de seus corpos espirituais luzes intensas com cores, também, desconhecidas do plano terreno. Eles inseriram medicação espiritual nas hóstias enquanto o padre Bernardo as abençoava amorosamente. Em cada hóstia foi colocada uma medicação espiritual específica para cada irmão ou irmã que estava naquela igreja e a tomaria. Sim. O Plano Espiritual tem o conhecimento de qual hóstia esse ou aquele irmão irá tomar. Nada é ao acaso.

O ambiente inundou-se de sentimentos de muito amor, paz e esperança. Assisti a bela missa com a doce Mariana ao meu lado. Eu estava feliz comigo mesmo. Sentia-me útil e sabia que logo mais eu começaria o trabalho para a melhora das condições de vida das pessoas daquela região. Finda a missa, todos se abraçaram emocionados e agradeceram uns aos outros, pois cada qual fez o que pode para auxiliar os doentes.

Afastei-me de todos com a Mariana e a convidei para deitarmos sobre a grama atrás da igreja. Observarmos, como sempre o fazíamos, as estrelas do céu. Deitamos de mãos dadas enlevados com a maravilhosa missa. Ficamos assim por um bom tempo, até que a Bastiana nos chamou para auxiliá-la com os cuidados do coronel Jerônimo, que, como sempre, se recusava a ser limpo. Fomos até o meu pai, que estava instalado no quarto do padre Bernardo desde a amputação dos seus pés. Ele estava com urina, fezes e vômito por toda a cama e o seu corpo. O odor estava terrível.

– Senhor meu pai – falei calmamente. – Deixe-me limpá-lo. Suas feridas teimam em não cicatrizar. Todo cuidado é pouco. O asseio do seu corpo é necessário e fundamental para a sua recuperação.

– Recuperar-me do quê? Você arrancou os meus pés. Desgraçado. Limpar-me? Eu sou um homem. A mulherzinha aqui é você. Sei bem porque quer me limpar. Você quer pegar nas minhas partes íntimas.

– Meu pai, o que diz é ilógico. Estou aqui para ajudá-lo. Mas se não quer, respeito-o – e me dirigi à porta do quarto para retirar-me acompanhado das mulheres que eu mais amava naquela vida.

E ao abrir a porta ouvi mais um grito dele:

– Volte desgraçado. Eu não tenho outra opção. Você, a rameira da Mariana e a imunda da Bastiana estão rindo da minha desgraça. Vocês cortaram os meus pés para se vingarem de mim. Eu não autorizei ninguém a cortar os meus pés. Isso é crime. Eu vou colocá-los na cadeia. Lá é o lugar de vocês. Desgraçados. Porcos imundos. E tire esses homens com metade do corpo em formato de homem e a outra metade em formato de porco daqui. Eles querem me matar. Eles me sufocam. Há cobras também, elas querem me enforcar. Leopoldo me salve! E o meu pai, ao me pedir ajuda pela primeira vez na minha vida como Leopoldo, começou a gritar e a socar o ar como se algo o atacasse.

A Bastiana benzeu o meu pai, apavorada. A partir desse dia a loucura dele acentuou-se ainda mais. Precisei deixá-lo amarrado à cama a maior parte do tempo, pois do contrário ele se jogava ao chão, rastejava-se como uma cobra e dizia que o seu corpo tinha se transformado em metade cobra e metade homem. Falava, também, que havia uma mulher de nome Eugênia que odiava a mim, mas que descontava todo o seu ódio somente sobre ele. O seu sofrimento era, portanto, segundo o meu pai culpa minha.

Meu pai se transformara em alguém frágil e dependente das pessoas. Eu fazia o que eu podia para aliviar o seu sofrimento. Fazia-o por compaixão, mas, por orgulho, eu dizia a mim mesmo que somente cuidava do meu pai por dever de filho. Mas a sua loucura piorava a cada dia e ficou famosa pela região e seus arredores. Todos tinham pavor dele. Somente o padre Bernardo, a Bastiana, a Mariana, o enfermeiro Joaquim, o Raimundo, o delegado Queiroz, a benzedeira Maria e eu chegávamos perto dele.

E a Bastiana insistia em afirmar que o meu pai não estava louco. Ela explicava que os tais "monstros" vistos pelo meu pai eram espíritos que queriam se vingar dele. A maioria desses espíritos, dizia ela, era formada por pessoas que o meu pai havia prejudicado e ordenado que fossem mortos nessa e também em vidas passadas. "Vamô rezá pro coroné Jerônimo e pra esses irmão e irmã que virarum bicho. Eles precisa de muita oração. São tudo sofredô" – dizia a Bastiana."

Nessa época eu respeitava, porém não dava crédito para as explicações da Bastiana. Acreditava ser tudo crendice popular. De qualquer forma, nosso grupo de amigos seguia a orientação da Bastiana quanto a rezar e o fazíamos todos os dias ao redor da cama do meu pai, momentos em que ele se acalmava um pouco. E lá estávamos nós, Bastiana, Mariana, padre Bernardo, enfermeiro Joaquim, Raimundo, a benzedeira Maira e o delegado Queiroz a rezar para o meu pai...

– A Bastiana sabe o que diz – explicou o Belquior ao Lupicínio que a tudo acompanhava com a Lucinda. – Esses irmãos e irmãs querem se vingar do irmão Jerônimo e alguns deles se dedicam a isso faz séculos. Esse fenômeno pelo qual espíritos desencarnados degradam e transfiguram seus corpos espirituais em animais por inteiro ou metade homem e metade animal têm o nome de "zoantropia"[42].

"Essa transfiguração não ocorre com o corpo material físico vivo no plano terreno. Ela ocorre com o corpo espiritual. Isso porque o corpo físico é constituído por matéria[43] muito densa. Já a matéria que constitui o corpo espiritual[44] é mais sutil. Ela é moldável. Daí o corpo espiritual apresentar-se com a aparência de acordo com o estado mental do espírito.

"Em outras palavras: o formato com o qual se mostra o corpo espiritual de um espírito depende do seu livre-arbítrio[45]. E esclareço que a transfiguração do corpo espiritual para o formato de animais se dá em razao do padrao inferior de pensamentos desses espíritos, que se dedicam somente ao mal proceder; apresentam estados de espírito profundamente doentios; e a maioria deles perde a consciência de si mesmo.

"Outra hipótese para a transfiguração do corpo espiritual humano em animais é a influência negativa exercida por um ou mais espíritos sobre outro espírito. O espírito que exerce a influência é igualmente inferior moralmente ao influenciado. A diferença é que aquele que influencia apresenta uma intelectualidade superior e assim, consegue dominar o

---

42. Segundo André Luiz, autor de inúmeros livros psicografados por Francisco Cândido Xavier: "O Espírito não retrograda, mas a forma perispiritual se degrada." (Nota da Sandra)

43. Segundo a "Teoria da Relatividade" formulada por Albert Einstein (1879-1955), em 1905, matéria e energia são equivalentes, ou seja, matéria é energia altamente condensada. (Nota da Sandra).

44. Allan Kardec denomina "corpo espiritual" com a palavra "perispírito", que é o laço de ligação entre o Espírito e o corpo físico. Quando o Espírito está encarnado utiliza-se do corpo físico como meio de manifestação. E no momento em que espírito está desencarnado usa o corpo espiritual, o perispírito, como veículo de manifestação. (Nota da Sandra).

45. Na obra "O Livro dos Espíritos", publicada por Allan Kardec em 1857, Kardec faz a seguinte questão aos espíritos: Questão 95: "O envoltório semimaterial do Espírito tem formas determinadas e pode ser perceptível? Sim, uma forma ao arbítrio do espírito; e é assim que ele vos aparece algumas vezes, seja nos sonhos, seja no estado de vigília, podendo tomar uma forma visível e mesmo palpável." (Nota da Sandra)

outro e fazer com que este outro se transforme em um animal por inteiro ou metade homem e metade animal.

"As formas que os espíritos de baixíssima vibração podem adquirir são as mais diversas e tenebrosas, como homens com chifres e rabos ou, ainda com o corpo espiritual todo transformado em, por exemplo, bode, porco, lobo, cachorros horríveis, javali, cobra e, também podem apresentar aspectos animalescos que desconhecemos no plano físico".

– No caso do irmão Jerônimo – completou a Lucinda a explicação do Belquior para o Lupicínio –, ele está encarnado, sendo assim, seu corpo físico não tomou o formato de uma cobra, mas o seu corpo espiritual sim. Isso porque o estado mental do irmão Jerônimo é carregado de profundos sentimentos de ódio com práticas ações nesse sentido e isso durante suas incontáveis vidas. Ele sofre, neste momento, também, a influência da Eugênia, que através do seu pensamento influencia o irmão Jerônimo a acreditar ter se transformado em metade cobra e metade homem.

– E como se dá a recuperação desses casos? Perguntou o Lupicínio.

– A partir do momento em que a entidade espiritual decide sair do estado mental do ódio e aceita receber auxílio dos trabalhadores de luz. Aliás, esses obreiros jamais deixam de auxiliar os irmãos e irmãs transfigurados, mesmo que esses não se deem conta disso até o despertar em Deus. E no caminho ao despertar as orações desempenham um papel fundamental, pois, como sempre, são extremamente benéficas. Há de se ter compaixão para com todos os nossos irmãos e irmãs sofredoras, mesmo porque são incontáveis as vezes que estamos nós a sofrer.

"Observe Lupicínio que o quarto em que todos oram ao irmão Jerônimo preenche-se de luz amorosa, instante esse propício para conversarmos com esses irmãos e irmãs que estão a perseguir o irmão Jerônimo." E a Lucinda e o Belquior se fizeram ser vistos pelos irmãos e irmãs transfigurados em seus corpos espirituais.

O Lupicínio não se fez aparecer, pois não tinha experiência para esse tipo de trabalho. Ficou a observar com intuitos de aprendizado. E tão logo os irmãos e irmãs perceberam a presença da Lucinda e do Belquior partiram para cima dos dois na tentativa de esmurrá-los, esbofeteá-los e chutá-los. Porém, não conseguiram obter êxito nesse intento, pois a Lucinda e o Belquior haviam formado uma barreira energética ao redor de seus corpos que os protegia dos ataques.

Ao perceberem que em nada adiantava tentar atingir a Lucinda e o Belquior, os irmãos e as irmãs encolheram-se em um canto exaustos. Nesse momento, a Lucinda e o Belquior irradiaram luz terapêutica sobre seus corpos e conversaram com cada um deles. A maioria mal deu chance para ouvir as primeiras palavras. Preferiram fugir por buracos espirituais abertos na cama do irmão Jerônimo. Entraram nesses lugares, espécies de túneis de terra estreitos para lá se esconderem e retornarem ao quarto mais tarde quando não mais detectassem a presença da Lucinda e o Belquior.

Mas, houve uma exceção. Uma das irmãs aceitou ajuda para a felicidade da Lucinda, do Belquior e do Lupicínio. A irmã, transfigurada em metade mulher e metade javali, nada disse, ela emitia grunhidos de desespero. A Lucinda e o Belquior leram seus sentimentos e pensamentos. Detectaram o verdadeiro e sincero desejo da irmã de modificar-se. Percebia-se seu arrependimento quanto aos atos destrutivos contra si e a outros. Ela aceitou ser levada por uma equipe de abnegados obreiros de Deus e de Jesus, solicitada pela Lucinda e o Belquior através de comunicação por pensamento, para receber os primeiros atendimentos em um posto de socorro próximo a costa. Depois seria levada e tratada num hospital de uma cidade espiritual especializada nesses casos de zoantropia.

E como eu, Leopoldo, tinha notado que o meu pai se aclamava após receber as orações, todas as vezes que eu estava com ele, de modo espontâneo e sem me dar conta do que fazia, eu orava mentalmente e pedia a Deus que o abençoasse e abrandasse o seu sofrimento. Ao orar com sentimentos puros e verdadeiros eu me fortalecia em Deus e a vontade em dar início à realização do meu sonho, desde criança, de trabalhar em prol da região fortaleceu-se ainda mais. Nesse momento, convidei todos os meus amigos para uma reunião na sacristia da igreja e falei:

– Mariana, Bastiana, padre Bernardo, Raimundo, enfermeiro Joaquim e delegado Queiroz: é o momento de retomarmos a vida. Vou levar meu pai para a sua fazenda e devolver o quarto do padre Bernardo que o cedeu gentilmente desde que o meu pai atirou em seus próprios pés.

"Convido-os a trabalharem para a prosperidade desta região. Aceitam? Todos concordaram felizes e continuei a falar: o primeiro passo a ser resolvido é a questão da escassez de água. Sem água à lavoura seca e o gado morre. Sem lavoura não há comida. Sem comida a população adoece, não tem forças para trabalhar e morre".

– Sim – falou o delegado Queiroz entusiasmado. Vamos trabalhar. – Mas Leopoldo nós sabemos que só há água nas terras do seu pai. Ele está mentalmente doente e o caso parece irreversível. Talvez seja o momento de você, Leopoldo, como único filho, gerir os negócios dele, mesmo porque tudo está abandonado na fazenda desde o surgimento da gripe mortal. Precisamos retomar urgentemente a lavoura.

– É... Todos os recursos da medicina atual estão sendo usados para o tratamento mental dele. Mas, infelizmente, seu caso parece irreversível. Ele tem a mais absoluta certeza de que é uma cobra... Bem... Vou contratar advogados para que eu seja legalmente nomeado procurador dos bens do meu pai, retomar os negócios e, também, tomar posse da herança deixada pela minha mãe. Sou seu único herdeiro.

– E tem outra coisa que não podemos nos esquecer – falou a Mariana –, meu pai perfurava poços em suas terras. Até açudes ele construiu mesmo sem nunca ter encontrado água. Precisamos retomar os trabalhos e para isso contratar engenheiros e geólogos estrangeiros[46] para estudarem a região.

---

46. No período em que se passa esta história não havia cursos de Geologia no Brasil. Foi em janeiro de 1957 que o Poder Executivo, durante o governo de Juscelino Kubitschek na Presidência da República (1956-1961), instituiu a "Campanha de Formação de Geólogos" (Cage), a qual fomentou a criação dos primeiros quatro cursos de geologia nas universidades brasileiras: um em Porto Alegre, um em São Paulo, um no Recife (PE) e um em Ouro Preto (MG). Até então, os poucos geólogos brasileiros tinham formação em cursos não direcionados à área, como o de História Natural, o que resultava em uma formação ainda precária. Daí a necessidade de se buscar profissionais estrangeiros na época em que se passa a história do Leopoldo.

– Seu pai não teve tempo de encontrar água. Sabemos que quando ele iniciava os trabalhos, assim como os outros coronéis da região, os engenheiros e os trabalhadores apareciam "misteriosamente" mortos. Seu pai mesmo falou isso ao meu pai durante a realização daquele nosso noivado – falei.

"E nós temos conhecimento, sim, que o seu pai tinha razão. O meu pai, coronel Jerônimo, era quem ordenava o assassinato dessas pessoas para que desse modo ele continuasse o seu domínio sobre todos como único possuidor de água. E conforme o coronel Aguiar falou ao meu pai: os engenheiros da Capital do Brasil sabedores dos assassinatos passaram a se recusar a trabalhar nesta região."

– E alguém do povo que se atrevesse a perfurar poços o coronel Jerônimo ameaça com a morte e se a obra continuasse o trabalhador também aparecia "misteriosamente" morto – completou o delegado Queiroz.

– Esqueçamos estas tristezas – disse a Mariana. Estamos a iniciar um novo ciclo em nossas vidas. Vamos contratar engenheiros e geólogos na capital do Brasil para darmos continuidade nas obras iniciadas pelo meu pai. Posso custear as despesas com a herança que recebi dele – falou a Mariana.

– Então está decidido – disse. Agora mesmo vou preparar a minha viagem à capital do Brasil para contratar engenheiros e geólogos. E vamos, também, conversar com os engenheiros no sentido de encontrarmos soluções para que a população tenha acesso à água sem depender de coronel algum. Cada qual precisa ter a sua própria água para saciar a nossa sede e dos animais, cozinhar, assear-se e irrigar suas as plantações, que hoje estão secas.

"E enquanto eu viajo meus amigos, sugiro que retomem os trabalhos nas lavouras da fazenda do meu pai e da Mariana que também estão sem cuidados. Precisamos, também, alimentar a população, que, no momento, está desvalida pela gripe espanhola e pela seca. Vamos distribuir o que

---

Fonte: Site do Conselho Regional de Engenharia e Arquitetura do Rio Grande do Sul. <http://www.crea-rs.org.br/crea/pags/revista/34/CR34_memoria.pdf> Acesso em 18.04.14. (Nota da Sandra).

é possível do que restou das plantações. Enfim, façamos tudo o que é possível e está ao nosso alcance."

– E leite! Falou a Mariana. Podemos distribuir leite. Graças a Deus, nem todo o gado do meu pai morreu durante a gripe. Soube pelo Chico, um trabalhador da fazenda, que durante a gripe ele fez o que pode para cuidar do gado, pois o leite era o único alimento da maioria das pessoas que moram nas terras do meu pai. O Chico pegava água escondido da fazendo do seu pai, Leopoldo.

Todos concordaram. O Raimundo ficou o responsável pelos trabalhos na lavoura e pela contratação dos trabalhadores, que seriam pagos pela Mariana e por mim, com o dinheiro herdado da minha mãe. Decidimos, também, que o padre Bernardo ficaria o responsável pelo trabalho da distribuição de água à população, o enfermeiro Joaquim à distribuição de alimentos e o delegado Queiroz se encarregou do fornecimento de leite. A Mariana se dedicaria a medicina e a Bastiana com os cuidados do meu pai que necessitava de atenção dia e noite.

– Perfeito – falei. Mas não nos esqueçamos que essas medidas são paliativas, não resolvem a questão da fome. O mais importante é pensamos em construir escolas e gerar postos de trabalho nesta região. As doações são muito importantes e fundamentais neste momento, mas o essencial é que cada pessoa tenha condições de prover o seu próprio sustento. Mesmo porque, ninguém que tenha brio e saúde para trabalhar quer viver e depender de doações. Ao contrário, as pessoas querem condições dignas de estudo e trabalho digno.

– Meu filho, você fala como um prefeito ético – disse o padre Bernardo –, aliás, precisamos de um prefeito para esta cidade. Leopoldo: gostaríamos de saber se você aceita se candidatar para as próximas eleições – e todos voltaram os seus olhares para mim.

– Eu sou médico. Não sou político e nunca quis ser – respondi e todos fizeram silêncio. – Políticos são corruptos.

– Precisamos da sua ajuda, Leopoldo. Se há políticos corruptos, dê o seu exemplo e mostre ao povo que política se faz com honestidade e ética. Se os honestos fugirem da política, os corruptos continuarão a ser maioria nos governos.

– Bem... Quando eu voltar da capital do Brasil nós conversaremos sobre este assunto. Vou pensar. Mas agora tenho outro assunto de extrema importância.

Fiz um pequeno suspense e todos me olharam ansiosos:

– Peço na presença de todos os meus amigos e amigas, a mão da Mariana em casamento. E como o pai da minha mulher amada já não está entre nós, solicito permissão ao amigo padre Bernardo para me casar com ela.

– Com muito gosto, meu filho – falou o padre com alegria.

E a felicidade foi geral. Todos nos abraçaram, inclusive a Lucinda, o Belquior e o Lupicínio que nos irradiaram muita luz. Desfrutamos um belo e maravilhoso momento de amor, esperança, paz e alegria...

Capítulo XVI

Sonhos que se realizam

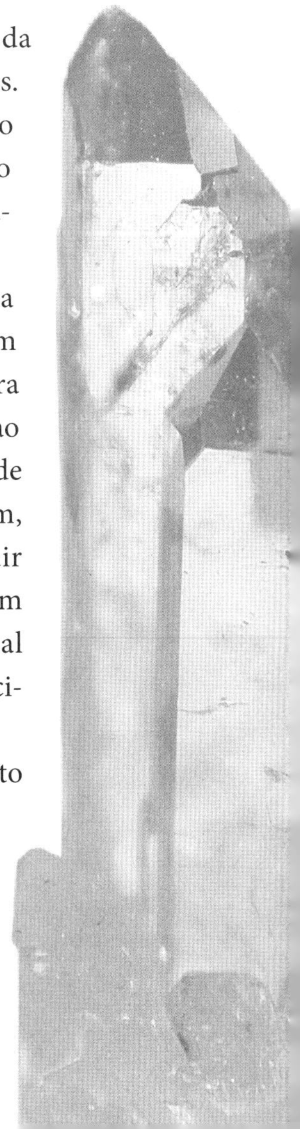

Dois meses se passaram para eu finalmente retornar da capital do Brasil com dois jovens engenheiros e dois geólogos. Os começaram imediatamente e para isso foi necessário contratamos vários homens, fato este que nos deixou muito felizes, pois começávamos, além dos trabalhadores das lavouras, a gerar mais postos de trabalho na região.

Em cerca de seis meses e meio vimos à abençoada água aparecer abundante debaixo das terras da Mariana e em alguns poços perfurados a água simplesmente jorrava para a superfície da terra. Água essa, graças a Deus, propícia ao consumo humano. Os açudes passaram a transbordar de água para a indescritível alegria de todos. Sendo assim, a Mariana e eu decidimos com os engenheiros, construir aquedutos para levar água das terras dela e das que haviam pertencido à minha mãe até o centro da nossa cidade. Local esse em que foram construídos dois açudes para o abastecimento de água da população.

Porém, a imensa maioria das pessoas morava muito longe do centro da cidade. Necessitava andar quilômetros todos os dias até o centro para conseguir água. Desse modo, fizemos um mutirão de trabalhadores e vários poços foram perfurados pela região. Encontramos água em vários desses pontos e nesses locais construímos cisternas para armazenamento da água a ser utilizada pela população.

Em agradecimento pela água encontrada o padre Bernardo realizou várias missas e durante uma delas a Mariana e eu nos casamos. A cerimônia foi simples e linda. Todo o povo da região estava lá. E a minha emoção ao vê-la entrar pela nave da igreja nos braços do Raimundo foi indescritível. Mal tivemos tempo para nossa lua de mel, pois o ritmo dos trabalhos na nossa região era intenso.

Meu sonho de fazer prosperar o lugar onde nasci iniciara efetivamente. Dividia o meu tempo com os cuidados ao meu pai, ao atendimento médico à população e o acompanhamento do trabalho dos engenheiros e das lavouras das fazendas da Mariana e minha. A Bastiana, feliz, dizia que seu sonho se realizava ao ver minha reconciliação com o meu pai. "Mas ele está totalmente doente. Não sabe o que pensa ou diz. Estou apenas a cumprir com o meu dever de filho" – eu dizia e ela respondia: "ocê num se apercebeu ainda meu fio, mais ocê tá cumprindo a obrigação cum amor e isso faiz toda a diferença". Mas eu, ainda, recusava a admitir a mim mesmo, por orgulho, que cuidava do meu pai por amor e fraternidade e não por dever.

A Mariana dedicava-se a medicina e realizava o seu sonho quanto à instalação que ora coordenava, de um posto de saúde na nossa cidade. O delgado Queiroz realizou o sonho de exercer o trabalho de delegado sem submeter-se às ordens dos coronéis da região. O amigo Queiroz passou a acreditar em si mesmo, não sentia mais medo dos coronéis; não aceitava qualquer tipo de ameaça quanto as suas decisões em seu trabalho e passara a agia da melhor forma e mais justa possível de acordo com as leis.

O padre Bernardo, a cada dia mais amado e respeitado pela população, a quem ele dedicara toda a sua vida, realizou seu sonho em coordenar as construções de moradias à população já que, até então, vivia em condições subumanas. Foi organizado mais um mutirão para que fossem levantadas inúmeras casas de pau-a-pique nos arredores da cidade em locais aonde não havia, ainda, proprietário algum. Casas de pau-a-pique não eram à melhor opção, entretanto era a alternativa que tínhamos naquele momento. A pintura das casas foi feita com caiação, cuja matéria-prima, a cal, foi doada pela Mariana e por mim.

A caiação, dizia o padre, é muito importante, pois assim não deixamos que o inseto barbeiro, transmissor da doença de chagas, se instale nas frestas das paredes. E como, agora, a população tinha água para utilização própria doei com a Mariana sementes de frutas, verduras, legumes e flores. A população passou a cultivar as suas próprias hortas e pequenos jardins de flores.

Foram construídas, também, as "casinhas", ou seja, pequeninas construções localizadas do lado de fora das casas de pau-a-pique, com uma pequena porta e sem janelas, com um buraco ao centro para que as pessoas ali fizessem as suas necessidades fisiológicas e deixassem de fazê-las a céu aberto[47,48]. Tivemos o cuidado de conversar com a população

---

47. "Segundo dados do Instituto Brasileiro de Geografia e Estatística (IBGE), de 2009 a 2011, a expansão da coleta de esgoto no Brasil foi de pouco mais de 3%. Para um país em que quase 40% dos domicílios não estão sequer conectados à rede coletora, é muito pouco. O próprio governo federal reconhece que apenas 38% de todo o esgoto brasileiro produzido recebe algum tipo de tratamento. O resto impacta violentamente rios, lagos, manguezais e partes do nosso litoral. São aproximadamente 15 bilhões de litros de esgoto sem tratamento despejados a cada dia no Brasil." Fonte: Instituto Trata Brasil: <http://www.tratabrasil.org.br/captacao-e-tratamento-do-esgoto-estao-longe-do-ideal-abes-mg> Acesso em 16.04.2014. (Nota da Sandra).
O Relatório "Progresso no Saneamento e Água Potável, Atualização de 2013", realizado em conjunto pela Organização Mundial da Saúde e o Fundo das Nações Unidas para a Infância – UNICEF, publicado em 2013, destaca entre as suas principais conclusões a partir dos dados mais recentes de 2011: quase dois terços (64%) da população mundial têm acesso a instalações sanitárias melhoradas, um aumento de quase 1,9 bilhão de pessoas desde 1990. No entanto, atualmente, cerca de 2,4 bilhões de pessoas ainda não têm acesso a esses recursos. Destes, de acordo com o relatório, 761 milhões usam instalações sanitárias públicas ou compartilhadas e 693 milhões usam instalações que não cumprem as normas mínimas de higiene. Além disso, em 2011, um bilhão de pessoas ainda defecam em espaços abertos. "Esta é uma situação de emergência não menos terrível do que um forte terremoto ou tsunami", disse o diretor global do programa de água, saneamento e higiene do UNICEF (WASH, na sigla em inglês), Sanjay Wijesekera. "Todos os dias centenas de crianças morrem, todos os dias milhares de pais choram por seus filhos e filhas. Podemos e devemos agir para enfrentar essa colossal e diária tragédia humana", completou.
Fonte: <http://www.onu.org.br/24-bilhoes-de-pessoas-nao-terao-saneamento-adequado-em-2015-diz-relatorio-da-onu/> Acesso em 17 de abril de 2014. (Nota da Sandra).
48. No Brasil, hoje, há cerca de 7,2 milhões de pessoas que defecam a céu aberto todos os dias. (Nota da Sandra).
Fonte: <http://blogs.estadao.com.br/jamil-chade/2013/07/05/governo-veta-missao-da-onu-que-investigaria-acesso-a-saneamento-no-brasil/> Acesso em 17.04.2014.

para que jamais fizessem as casinhas próximas aos poços de captação de água para o consumo próprio. Isso porque o esgoto contaminaria a água retirada dos poços cuja consequência é o aparecimento de muitas doenças como a diarreia que pode levar a morte principalmente em crianças. E quanto ao não desperdício de água a população, acostumada com a sua falta, dava-lhe um enorme valor e a utilizavam com todo o zelo e parcimônia possíveis.

O enfermeiro Joaquim colaborava com os trabalhos da Mariana na medicina. Passou a se dedicar, também, em promover ações para que sanatórios como o qual eu estive deixassem de existir. Ele escrevia para jornais e fazia denúncias às autoridades que fingiam que não sabiam o que se passava nos sanatórios. Mas, ainda assim, conseguiu, com um grupo de pessoas que trabalhavam pela mesma causa denunciar a situação do sanatório em que eu fui internado e para a sua imensa alegria o sanatório finalmente foi fechado. Além disso, o enfermeiro Joaquim trabalhava, junto a alguns médicos, para que os tratamentos aplicados aos que apresentavam algum tipo de distúrbio emocional fossem feitos de modo humanizado e digno.

O Raimundo, feliz da vida, também realizava o seu sonho. Ele coordenava a instalação de uma escola em um grande galpão da nossa querida cidade. Galpão esse, que eu havia herdado da minha mãe. Duas filhas de coronéis se prontificarem para darem aulas voluntariamente e seus pais o permitiram, pois tinham interesse na água que recebiam da fazenda da Mariana. As duas dariam aulas nos períodos da manhã e tarde para crianças e à noite, com a utilização de velas para iluminar, para alfabetização de adultos, já que não havia luz elétrica na região.

Instalada a escola o Raimundo e as duas moças iniciaram o trabalho de convencimento dos pais das crianças para que permitissem que elas

---

<http://www.tratabrasil.org.br/a-evolucao-do-saneamento-urbano-diario-da-manha-go-online-go-home> Acesso em 17.04.2014.
<http://www.tratabrasil.org.br/situacao-no-mundo-2> Acesso em 17.04.2014.

estudassem. A tarefa não era fácil, uma vez que muitos pais acreditavam que o estudo não era importante e que eles precisam que os seus filhos, entre os quais crianças com apenas cinco anos de idade, os ajudassem na lida diária. E quanto aos pais se achavam "velhos" demais para estudarem. O Raimundo deu o exemplo e foi o primeiro a se matricular no curso noturno. Com o passar do tempo, mais adultos juntaram-se a ele e os bancos escolares foram, paulatinamente, sendo preenchidos por crianças e adultos.

E com o passar do tempo a produção das lavouras das fazendas da Mariana e do meu pai aumentou e foi possível vender parte dessa produção para outras regiões. Uma parte dos lucros era dividida entre os trabalhadores que, além disso, obviamente recebiam seus salários. Mesmo porque as ações prioritárias da Mariana e minhas eram sempre focadas na melhoria continua do ambiente de trabalho, da saúde dos trabalhadores bem como suas remunerações. Ações essas, aliás, que na verdade, eram obrigações nossas. E quanto mais dignidade nas condições de trabalho, mais os trabalhadores se sentiam felizes e estimulados para a realização cada vez melhor dos serviços.

Com outra fatia dos lucros construímos mais duas escolas e um hospital, já que o posto de saúde não dava conta do enorme número de pessoas doentes que precisavam de atendimento. A maior dificuldade, entretanto, foi encontrar médicos dispostos a trabalharem nesta região. A maioria preferia atender na capital do Brasil. Mas, graças a Deus, conseguimos quatro jovens rapazes recém-formados e cinco enfermeiros que haviam feito estágio no hospital do casal Schmidt e vieram com muito gosto para esta região.

Estimulávamos, ainda, que todos os trabalhadores estudassem e a maioria o fazia para a nossa alegria. E eu devolvi aos cofres públicos, com juros e correção monetária, todo o dinheiro de lá retirado indevidamente pelo meu pai para custear minhas despesas com o curso de medicina. E somente então decidi me candidatar ao cargo de prefeito. A Mariana ficou muito feliz quando contei sobre a novidade e nos abraçamos felizes.

Estávamos no posto de saúde da cidade e, de repente, o semblante da Mariana se entristeceu.

– O que foi meu amor? – Perguntei.

– Por que será que eu não engravido Leopoldo? Casamo-nos faz tempo. Somos saudáveis. Anseio muito ter filhos com você. Mas eles não veem. Por quê?

– Mariana fique tranquila. Nossos bebês, que serão muitos, virão na hora que Deus assim o determinar. Ele – Deus – sabe o que faz. Sossegue. E agora é hora de visitar o meu pai. Vem comigo à fazenda? – Falei de modo a fazer com que ela não ficasse triste. – Na semana que vem receberemos um especialista da capital em questões da mente. Quem sabe ele não consegue, através de um tratamento, melhorar ao menos um pouco a qualidade de vida do meu pai? De qualquer forma vamos continuar a orar, pois é somente nesses momentos que ele se acalma.

Chegamos à fazenda e a Bastiana veio ao nosso encontro na sala de estar um tanto preocupada:

– O coroné agora se recusa a ficá na cadeira de roda por causo de que diz que cobra num fica em cadeira de roda. Ele acredita mesmo que é uma cobra. – Vamo continuar a orar meus fios. O coroné Jerônimo precisa de muita oração e os irmãozinho sofredô que tão cum ele aqui também precisa de reza.

"O padre Bernardo vem todo o dia de manhãzinha com a benzedeira Maria. Eles benze o coroné e a Maria faiz defumação todo dia no quarto do coroné. Vamo mantê a fé em Deus e Nosso Senhô Jesus Cristo. O povo morre de medo dele. Diz qui ele tá dominado pelo coisa ruim."

Suspirei fundo. A situação do meu pai se tornava mais crítica a cada dia. E nós três nos dirigimos ao quarto. Ele se mexia na cama como se fosse uma cobra. Senti uma profunda compaixão. Seus cabelos completamente brancos, olhos fundos, rugas profundas e uma palidez que fazia com que ele se parecesse com um cadáver. Aliás, se ele fechasse os olhos e ficasse sem se mexer sobre a cama diria que estava morto. Aproximei-me e, como sempre, ele começou a me proferir palavras de baixo-calão, porém não mais gritava, devido ao enfraquecimento físico. Insistia em dizer que a culpa de os homens porcos estarem ali era minha. Continuava a falar que eu era uma mulherzinha e ele um homem cabra macho. Dizia, ainda, que eu havia feito magia com a Bastiana e a Mariana para torná-lo um homem cobra.

Repetia a todo o tempo que a culpa era exclusivamente minha por ele ter abusado de mim na infância e que eu morrera na fogueira por merecimento. Não entendia essas suas falas. Eu as entendia como sendo a mais absoluta loucura dentro da qual se encontrava. Muitas vezes ele ficava com o olhar perdido e de repente se debatia e pedia, desesperadamente para que a Bastiana afastasse com suas mandingas os tais monstros porcos, cobras e ratos que queriam devorá-lo e molestá-lo sexualmente. Às vezes olhava para mim, falava que eu era um fantasma e que queria assustá-lo, pois ele sabia que eu havia morrido queimado na fogueira. E suplicava para que eu jogasse água sobre o seu corpo, uma vez que, assim como eu ele também ardia mergulhado nas brasas do inferno.

Olhei meu pai desolado. Como alguém podia chegar a um ponto daqueles? E de repente me dei conta de que nenhuma mágoa me restava contra o meu pai. Nenhuma. Admiti a mim mesmo que o tratava por amor e com amor, mas algo me intrigava: por que será que ele tem tanto ódio de mim?

E a Mariana e a Bastiana tiraram-me dos meus devaneios ao pedir que amarrássemos os braços e pernas do meu pai para que o banhássemos e eu perguntei:

– Mas o que será toda essa loucura? Perguntei àquelas abnegadas mulheres que, apesar de tudo, banhavam meu pai com carinho e me olharam sem respostas.

– É a consciência do irmão Jerônimo – falou a Lucinda ao Lupicínio que assistia desolado a situação do irmão. – Sua consciência clama em vir à tona para fazer com que ele reavalie os seus sentimentos, emoções, pensamentos, crenças e ações. Mas ele tem pavor dos sentimentos que encontrará em seu coração. Isso porque, por ser filho de Deus, ele sabe no fundo de sua alma, assim como todos os seres humanos o sabem, o que são ações baseadas nas Leis de Deus de amor e caridade e o contrário disso. Então ele opta, neste momento, por fugir de si mesmo. Ele prefere enlouquecer, pois acredita que desse modo conseguirá camuflar a sua consciência. Acredita que alienado sofrerá menos. Ledo engano.

"Na verdade, ninguém se esconde de si mesmo para sempre. A vida, através de suas maravilhosas lições nos impulsiona em todos os instantes a nos voltarmos para dentro de nós, com o objetivo de que reavaliemos franca e honestamente nossos pensamentos, sentimentos, emoções, crenças e ações com o propósito de que evoluamos espiritualmente."

– Portanto – e desta vez foi o Belquior a falar –, lições que nos parecem negativas em nossas vidas, na verdade, não o são. Explico: nós, seres humanos ainda vivemos na dualidade da energia negativa e positiva. Mas essa dualidade não existe nos mundos superiores onde tudo é luz. O que nos parece negativo ou mesmo um castigo são, na verdade, abençoadas lições para a nossa ascensão espiritual. Portanto, descompliquemos nossas vidas. Façamos das nossas lições algo mais suave, mesmo porque fomos criados para a felicidade e não para o sofrimento.

"Ao ficar "preso" a uma cama com os pés amputados Deus concede ao irmão Jerônimo a divina, abençoada e preciosa oportunidade de aprender, entre outras coisas, a exercitar a sua humildade em aceitar receber afeição e o cuidado das pessoas com amor. Esse exercício de humildade faz com que ele repense, no mais profundo íntimo de sua alma, o seu modo de ser, mesmo que aparentemente ele esteja inconsciente. Digo aparentemente porque essa aparência se localiza em seu "eu inferior" e não no seu "eu superior".

"Deixe-me ser mais claro: quando estamos sob o comando do nosso "eu inferior", nós sentimos, pensamos, falamos, agimos e reagimos apenas em função de nós mesmos de maneira egoísta e egocêntrica. Sentimos, por exemplo, a necessidade de controlar as pessoas e as situações. Prendemo-nos em nossas próprias satisfações, mesmo que essas possam prejudicar uma ou mais pessoas ou o próprio Planeta Terra. Queremos relacionamentos amorosos de contos de fada. Não aceitamos cada qual como é.

"Mantemo-nos sob o domínio do medo, da mágoa, da culpa, do ódio, da raiva e dos desejos de vingança. Além disso, julgamos de modo inflexível a tudo e a todos segundo tão somente o nosso entendimento e as nossas crenças. O "eu inferior" é escuro, habita as sombras e se recusa a mudar de posição de modo que a luz inunde a sombra."

"O "eu superior" tem a consciência de que somos indivíduos parte do todo universal imersos na luz de Deus, portanto como seus filhos, ou seja, irmãos e irmãs de jornada, rumo ao caminho da evolução espiritual. O "eu superior" pratica o verbo amar de modo puro em todos os instantes.

"No grau de evolução em que nós nos encontramos ora optamos por viver o "eu inferior" ora o "eu superior", muito embora, saibamos que pendemos, ainda, a viver muito mais no "eu inferior" do que no "eu superior". A transição de um "eu" para o outro "eu" se dá através de um processo que passa primeiramente pelo conhecimento efetivo do nosso "eu inferior" que são as nossas sombras e a nossa escuridão. Ao conhecê-las verdadeiramente temos condições de partir para o nosso tratamento que é a dissolução da ignorância, a purificação dos sentimentos e a superação de fraquezas."

– E observemos – falou a Lucinda –, que ao banharem o irmão Jerônimo sem julgar suas atitudes passadas, com amor, cuidado e carinho, o Leopoldo, a Bastiana e a Mariana agem sob seus "eu superiores". Irradiam luzes a partir de seus corações na cor rosa que inundam todo o ambiente tornando-o suave. Os irmãos com seus corpos espirituais transfigurados em animais fogem ou acabam por aceitar o auxílio dos obreiros de Deus que estão sempre a postos para ajudar.

– E perceba Lupicínio – explicou o Belquior –, que ao irradiarem amor incondicional para o Jerônimo, irmão de jornada, os três, ou seja, Leopoldo, Mariana e Bastiana afastam quaisquer tentativas mal-intencionadas da irmã Eugênia. Eis aí o grande antídoto contra qualquer mal, o amor!

– Mas por que será que o irmão Jerônimo odiou o Leopoldo desde que ele nasceu? Por que o Leopoldo, o Jerônimo e eu nos odiamos por tantas vidas? O que teria acontecido em nosso passado? Eu não me lembro. Perguntou o Lupicínio.

– Chegou o momento – respondeu a Lucinda –, de você, Lupicínio, para um propósito maior que saberá mais tarde, lembrar-se de alguns dos fatos mais importantes de algumas vidas passadas, dentre às incontáveis, que você o irmão Jerônimo e o irmão Leopoldo vivenciaram juntos.

E os três abençoados irmãos, Lucinda, Belquior e Lupicínio, como pontos de luz, dirigiram-se para a cidade espiritual "Casa do Acolhimento em Deus" para o trabalho de recordação.

CAPÍTULO XVII

Lembranças de outras vidas[49]

Era início do século VIII D.C. e o Leopoldo[50] vivenciava mais uma de suas incontáveis vidas no Plano Físico do Planeta Terra. Novamente era uma mulher poderosa, rica, bela e fogosa que se dedicava a brincar com os sentimentos de homens e mulheres. Utilizava o sexo de modo desenfreado com intuito de adquirir cada vez mais poder, dinheiro e fama. Seduziu o Lupicínio que a amava verdadeiramente e a queria muito bem. Porém, ele descobriu que a mulher Leopoldo praticava orgias com homens, mulheres e, inclusive, crianças órfãs. Entre esses homens encontramos o Jerônimo que desejava tão somente satisfazer-se sexualmente com ela (Leopoldo) e com os outros homens, mulheres e crianças que participavam desse ato macabro.

O Lupicínio e o Jerônimo pertenciam a famílias que se consideravam inimigas e passaram por orgulho a disputar as atenções sexuais do Leopoldo (mulher nesta vida). Em uma

49. Optou-se, neste livro, por manter os mesmos nomes dos personagens nas vidas passadas com a vida do ano de 1918 para facilitar o reconhecimento de cada um deles. (Nota do Leopoldo).

50. A narração das vidas passadas, na primeira parte deste Capítulo XVII, coube gentilmente ao amigo e irmão Lupicínio, a quem agradeço imensamente pela colaboração. (Nota do Leopoldo).

dessas disputas, muito estimulada pela mulher Leopoldo, houve uma violenta briga que acabou na morte dos dois homens. A Eugênia, esposa do Jerônimo e a Aurélia[51], esposa do Lupicínio tramaram o assassinato da mulher Leopoldo e a envenenaram. A Eugênia jurou vingança eterna contra a mulher Leopoldo e, também, ao seu marido Jerônimo, por tê-la traído.

Agora eram meados do século IX D.C. e mais uma vez o Leopoldo iniciava mais uma experiência na Terra Física. Nasceu outra vez no corpo de uma mulher rica, poderosa, bela e fogosa. De novo escolheu o sexo como meio de conseguir mais poder, dinheiro e fama e continuou com a prática de brincar com os sentimentos das pessoas e fazer orgias com homens, mulheres e crianças órfãs.

Dentre esses homens que participavam das orgias havia dois irmãos consanguíneos: o Lupicínio e o Jerônimo. Eram filhos da Eugênia e do Aguiar[52]. Foram criados sem o mínimo cuidado e cresceram entre as constantes brigas do casal que passava a maior parte do tempo embriagado a fomentarem brigas entre os dois irmãos que se odiavam desde pequenos.

Os irmãos passaram a frequentar as orgias do Leopoldo e a disputar as suas atenções por orgulho. Ciente e orgulhosa da briga dos irmãos por sua causa, a mulher Leopoldo adorava os enganar e estimulava o ódio entre os dois com palavras maledicentes. E recebia ora um irmão ora o outro em algumas tardes privativas em sua casa regadas a muito vinho e sexo. Dizia a um dos irmãos que recebia somente a ele nessas tardes e ao outro falava a mesma coisa. Até que o Lupicínio flagrou a mulher Leopoldo com o Jerônimo em uma dessas tardes durante um ato sexual e os assassinou no mesmo instante. Pelo crime foi preso e morto em uma masmorra.

A Eugênia estimulou o Aguiar a matar a mulher Leopoldo. Ele aceitou sua sugestão e o fez através de envenenamento. Descoberto o crime,

51. A Aurélia foi à mãe do Leopoldo na vida de 1918. (Nota do Lupicínio).

52. O Aguiar foi o pai da Mariana na vida de 1918. (Nota do Lupicínio).

o Aguiar foi preso e passou a odiar a cada dia mais os seus dois filhos, pois os responsabilizava pela sua prisão, já que os dois haviam se envolvido com a mulher Leopoldo. E o Aguiar denunciou a sua mulher Eugênia às autoridades como mentora do assassinato. Ela fugiu para o meio de uma floresta e conheceu um ancião que lá vivia e a ensinou a manipular ervas de modo a se transformarem em venenos mortais. Ficou famosa com as preparações dos venenos e as autoridades que descobriram seu paradeiro nunca a prenderam, pois era ela quem fornecia a quem a todos que a procurassem as suas doses de veneno. A Eugênia desencarnou com cerca de oitenta anos e a praguejar e jurar vingança contra o Lupicínio, o Jerônimo, o Aguiar e principalmente a mulher Leopoldo.

Chegamos, agora, em meados do século X D.C. e o Leopoldo nasceu novamente com a vestimenta de um corpo feminino e, desta vez, em um lar com muita miséria material. Teve por irmãos mais velhos de sangue o Jerônimo e o Lupicínio, que, nesta vida, nasceram mais uma vez no corpo de homens.

Os pais das três crianças foram a Mariana e a Eugênia, que nesta vida viveu em um corpo masculino. A Eugênia, por nutrir ódio pelas três crianças desde que nasceram, embora não compreendesse os seus sentimentos, abandonou a família e fugiu com outra mulher, a Josefa[53].

As crianças foram criadas pela mãe Mariana e cresceram com ódio do pai (Eugênia) por tê-los abandonados sozinhos com a mãe e na mais absoluta miséria. Os dois irmãos – Jerônimo e Lupicínio – cresceram com ódio entre si e nutriam inveja contra a irmã Leopoldo. Isso porque acreditavam que ela era a preferida mãe deles. O Jerônimo passou a molestar sexualmente a irmã Leopoldo desde que esta tinha apenas sete anos de idade.

O Leopoldo, no corpo feminino dessa irmã, sofreu os abusos durante anos e sempre calada, uma vez que sofria ameaças do irmão em matá-la caso contasse algo à mãe deles, a Mariana. Mas um dia a Mariana

53. Josefa foi à mãe da Mariana na vida de 1918. (Nota do Lupicínio).

descobriu o que seu filho Jerônimo fazia com a irmã ao presenciar o ato de abuso sexual. Descontrolada, a Mariana matou o seu próprio filho Jerônimo. A Mariana foi presa, torturada e morta. E o Lupicínio colocou a irmã Leopoldo para fora de casa, que ao passar fome e frio na rua acabou por se suicidar.

Meses pós o desencarne da irmã Leopoldo e o Lupicínio também deixaram a vida física na Terra. No Plano Espiritual todos se encontraram inclusive a Eugênia e a Josefa, em regiões de baixíssima vibração, uma vez que vibravam igualmente na mesma faixa de sintonia do ódio. Recusaram-se a receber o auxílio dos obreiros iluminados de Deus, com exceção da Mariana que despertou para o caminho de Deus, percebeu seus erros, arrependeu-se profundamente quanto a ter assassinado o seu próprio filho Jerônimo e solicitou aos obreiros de Deus uma nova oportunidade de nascer na Terra de modo a auxiliar a si e a todos seus, então, desafetos, para trabalhar o amor, a caridade, a compaixão e o perdão.

Novamente, a vida, na infinita misericórdia de Deus, reuniu a todos para mais uma oportunidade de reconciliação. Eram fins do século XI e o Leopoldo, o Jerônimo, o Lupicínio e o Aguiar, todos com corpos masculinos e a Eugênia, com um corpo feminino, nasceram irmãos consanguíneos.

Por mãe eles tiveram a Mariana que devotou toda a sua vida em amar e cuidar dos seus filhos e embora sentisse mais amor pelo filho Leopoldo, jamais deixou transparecer aos outros esse sentimento. E como pai, as crianças receberam a Bastiana, que nesta vida no corpo de um homem, foi amoroso e dedicou sua vida para auxiliar no bem os seus filhos.

O casal trabalhava sentimentos de fraternidade, compaixão e perdão nas crianças, mas desde pequenos demonstravam nutrir muito rancor um pelo outro. A situação tornou-se insustentável à época em que as crianças se tornaram adultos. A Eugênia passou a fomentar, de modo maledicente, cada vez mais ódio pelos irmãos Jerônimo, Lupicínio e Aguiar contra o Leopoldo. E conseguiu fazer com que os três irmãos acreditassem que além de os pais gostarem somente do Leopoldo, este estaria tramando assassinar os três irmãos, inclusive ela, a Eugênia, para ficar com toda a herança da família que se resumia em um pobre casebre.

Tal fato não era verdade, ou seja, o Leopoldo não estava a tramar absolutamente nada contra os seus irmãos, mas o Jerônimo e o Lupicínio imbuídos em sentimentos de ódio insuflados pela Eugênia assassinaram o Leopoldo. No Plano Espiritual, com sentimentos de arrependimento e cansaço por viver no ódio, o Leopoldo decidiu não mais se vingar de ninguém nem tampouco brincar com os sentimentos de quem quer que fosse. Entretanto, não aceitou a ajuda dos obreiros de Deus, pois não se sentia digno desse auxílio. Não se achava digno de Deus. Acreditava que não passava de um lixo apodrecido.

Até que nos fins do século XII o Leopoldo nasceu em uma família muito pobre, com um corpo de homem, filho do Jerônimo e do Lupicínio (em um corpo de mulher) e teve por irmãs a Bastiana e a Mariana. Todos cresceram recebendo maus-tratos dos pais. O Jerônimo passou a molestar sexualmente o filho Leopoldo, desde que este tinha sete anos de idade. A mãe do Leopoldo, então Lupicínio, tinha total conhecimento da situação, mas fingia que nada acontecia.

As irmãs Mariana e Bastiana ao cientificarem-se do que acontecia fugiram de casa com o Leopoldo. Porém, a fuga foi denunciada pelos pais às autoridades da época que acusaram a Mariana e a Bastiana de elas molestarem sexualmente o Leopoldo e não o Jerônimo. Por esse motivo, as duas moças foram condenadas à prisão perpétua e lá morreram. O Leopoldo após a prisão das irmãs não suportou mais viver, suicidou-se e, de novo, se viu em regiões de baixíssima vibração a sofrer por muito tempo. Recusava-se em aceitar a ajuda dos obreiros iluminados de Deus.

Depois de muito tempo de padecimento, cuja sensação era de uma eternidade, o Leopoldo começou a arrepender-se e a repensar os seus atos de suas incontáveis vidas. Uma sensação de profunda culpa tomou conta de todo o seu ser, ao tomar consciência de que por milhares de vidas brincara com os sentimentos das pessoas, cujas consequências tinham sido trágicas. Até que aceitou a ajuda da Bastiana e da Mariana foi encaminhado para uma cidade espiritual de modo a refazer-se.

Mais inúmeras vidas foram mostradas ao Lupicínio, nas quais o Leopoldo não brincara com os sentimentos das pessoas e passara a vibrar na culpa, no medo e na autopunição. Decidiu se fechar para o amor e o sexo. Praticava a castidade. Tinha pavor do sexo, pois acreditava que o ato sexual era sujo e só trazia desgraças. Achava-se ser merecedor de castigos, motivo esse o Leopoldo se permitiu ser joguete nas mãos do Jerônimo, do Lupicínio, do Aguiar e da Eugênia, tendo, inclusive optado pelo suicídio em algumas dessas vidas.

– Percebo – comentou o Lupicínio para a Lucinda e o Belquior – que há comportamentos negativos repetitivos nas inúmeras vidas que eu acabei de recordar. A questão é "quebrar" esses padrões negativos repetitivos e transformá-los em positivos e aperfeiçoá-los.

– Exatamente – respondeu a Lucinda e perguntou ao Lupicínio: como transformar padrões negativos e repetitivos em positivos?

– Trabalhar para o domínio das nossas paixões inferiores; vencer os vícios e defeitos e conquistar qualidades espirituais. E para darmos início ao processo de autotransformação podemos começar pela observação do nosso corpo físico, santuário de nosso espírito no plano físico, e fazer as seguintes questões a nós mesmos:

"Eu respeito e cuido do meu corpo físico? Como eu cuido do meu corpo físico? Levo uma vida desregrada? Pratico sexo libertino e sem responsabilidades com a saúde e os sentimentos do parceiro? Trabalho exageradamente em detrimento do meu corpo físico? Concedo-me abençoados momentos de descanso e diversões salutares? Possuo, por exemplo, algum vício, como o cigarro, a bebida, as drogas entorpecentes ou comida? Caso positivo, é urgente combatermos veementemente esses vícios e extirpá-los das nossas vidas.

"Depois de analisar o nosso corpo físico, observemos, sem subterfúgios nossos sentimentos e pensamentos e como eles se refletem nas nossas ações perante a vida. Um bom exercício para essa análise interior é a avaliação constante das lições que vivenciamos no decorrer das nossas vidas. Perguntemos a nós mesmos: as lições pelas quais passei ou passo na presente vida me fez e me faz, hoje, alguém melhor? Em que aspectos como um ser espiritual que eu sou melhorei e melhoro nesta vida? Qual a importância que dou nesta vida para as questões espirituais? Quais são as metas a que me proponho para ascender espiritualmente? Responder essas questões e listar as metas, se possível, com prazos, através da escrita é um excelente exercício.

"E observei algo mais – prosseguiu o Lupicínio –, os comportamentos se repetem não somente em várias vidas como, também, na mesma vida e tal fato é muito comum. Daí a relevância de se questionar: por que sempre atraio determinado tipo de pessoa ou situação para minha vida atual?"

– O aluno está a cada dia melhor – e o Belquior sorriu e bateu palmas ao Lupicínio por suas belas e sábias palavras. E a Lucinda falou alegremente: – Agora analisemos os fatos de mais uma vida e desta vez com detalhes. Depois de vê-la você compreenderá a quebra de padrões negativos por parte do Jerônimo e do Leopoldo.

O ano era de 1.500[54]. Eu Leopoldo era um menino de oito anos de idade que morava com os pais, irmãos e irmãs numa pequena aldeia da Espanha. Nasci sem os braços[55, 56]. Por essa razão meu pai me chamava de "aberração". Além disso, ele dizia que eu tinha um jeito afeminado e que não passava de uma "mulherzinha" imprestável. Os habitantes da aldeia sabedores da situação me apelidaram de "mulherzinha aberração",

---

54. A narrativa da vida do ano de 1500 deste livro coube a mim Leopoldo. (Nota do Leopoldo).

55. Eu Leopoldo solicitei no plano espiritual aos obreiros de Deus que eu nascesse nesta vida do ano de 1500 sem os braços. É que os braços me facilitariam tentativas de suicídio. E eu desejava passar nas provas desta vida sem suicidar-me como o havia feito em tantas outras. Meu pedido foi aceito, mas não somente pelo motivo de possível suicídio, mas, também, para despertar a compaixão no irmão Jerônimo, como meu pai e no Lupicínio, padre da aldeia. A maior finalidade desta vida era a reconciliação entre o irmão Jerônimo, o irmão Lupicínio e eu. (Nota do Leopoldo).

56. Saliento que as razões para nascer sem braços na terra física são incontáveis. Cada caso é um caso. Há muitos irmãos e irmãs que aceitam amorosamente renascer na Terra Física com alguma deformidade física para prestar serviços à humanidade, como por exemplo, desenvolver a compaixão e o amor incondicional em todos nós. (Nota do Leopoldo).

apelido esse que fez com que eu me fechasse cada vez mais em mim sem nenhuma autoestima.

As crianças da aldeia, principalmente os meninos foram proibidos por seus pais de se aproximarem de mim. E mesmo que não o fossem jamais seriam meus amigos, uma vez que me olhavam com medo, desdém e nojo. Quando completei quatorze anos de idade, a situação tornou-se insustentável a ponto de eu não mais poder sair do paupérrimo casebre em que morava, pois, várias crianças eram incitadas por seus pais a jogarem pedras e cuspirem em mim.

Meu pai, o Jerônimo, depois de chegar do trabalho como lenhador, volta e meia me surrava com chicote. Isso porque ele tinha muita raiva de eu ter nascido sem os braços e não poder ajudá-lo com o seu trabalho de lenhador. Para ele eu era imprestável. Assim, por ordens dele eu ficava isolado na parte de fora da casa.

Somente minha mãe, a Bastiana é quem não se conformava com toda aquela situação e às escondidas, inclusive dos meus irmãos e irmãs, os quais tinham vergonha de mim, ela conversava comigo, pedia-me paciência e fé em Deus, orava e levava-me comida.

O padre Lupicínio, pároco da aldeia, insistia em tirar o demônio do meu corpo e, assim, todos os dias ia a minha casa, obrigava que eu confessasse ser um pederasta[57] e fazia com que eu ficasse de joelhos para que o demônio saísse do meu corpo. Minha mãe olhava tudo aquilo desesperada e suplicava a Deus, a Jesus e a Nossa Senhora que aquele suplício acabasse. Mas o pior é que eu não entendia o que se passava comigo. Será que eu teria realmente um jeito afeminado?

Até que um dia consegui olhar nos olhos do meu pai e perguntar o que era ser afeminado. O ódio emanado de seus olhos causou um calafrio de pavor por todo o meu corpo e meu pai disse que me mostraria exatamente o que significava ser afeminado. Assustado e com muito medo, escutei meu pai gritar com minha mãe e todos os meus irmãos e

57. Por "pederasta" o padre queria dizer "homossexual". (Nota do Leopoldo).

irmãs para que se retirassem de casa e retornassem somente após duas horas. Vi, do quintal onde me encontrava, minha mãe se ajoelhar perante o meu pai e pedir que ele não me machucasse. Meu pai não deu ouvidos à minha mãe e a arrastou para fora de casa.

Até que, finalmente, sozinho e frente a frente com meu pai, ele rasgou minhas calças e me molestou sexualmente de modo violento. A dor física foi indescritível, mas a da alma foi ainda maior.

– Entende agora o que é ser afeminado e mulherzinha, aberração? Porco miserável. E saiba que a partir de hoje vou fazer isso com você todos os dias, pois creio que somente assim o demônio sairá do seu corpo. E tem mais: eu sei que você adorou a "brincadeirinha" que acabei de fazer você. Sendo assim, não se preocupe que nós "brincaremos" todos os dias.

Não consegui esboçar palavra alguma nem tampouco me mover. As dores físicas e morais me paralisaram. Um mês se passou e meu pai me violentou todos os dias. Depois desse tempo, o padre Lupicínio veio ao casebre e disse que a única forma de o demônio ser expulso do meu corpo seria que me entregassem à "Santa Inquisição". Minha mãe Bastiana implorou desesperadamente para que o padre Lupicínio não o fizesse. Mas o meu pai meu pai concordou com o padre.

E eu fui preso em um quarto da paróquia da aldeia e lá aguardei a chegada dos homens que trabalhavam à "Santa Inquisição", que vieram acompanhados da Eugênia, ou seja, uma mulher que "fornecia" mulheres virgens e adolescentes, como eu, à "Santa Inquisição" para serem acusados de bruxos em troca de ouro que ela recebia dos padres. Não esbocei qualquer reação, mas lembro-me da profunda dor que senti no ao ver o olhar da minha mãe, que foi o mais triste que já pude ver em milhares de vidas pelas quais vivenciei no plano físico. E eu tinha um único desejo: suicidar-me.

Porém, preso e sem braços, não havia como. Fui jogado em uma carroça e levado para Madri. Ao lá chegar, eu fui acusado pelo Tribunal da Santa Inquisição de ser pederasta e atentar contra a Igreja

Católica. Fizeram com que eu confessasse esses "crimes", julgaram-me e proferiram, instantaneamente, uma sentença, sem que eu tivesse qualquer direito a defesa. Condenaram-se a quinze dias de tortura e, após, a morte na fogueira. Jogaram-me uma cela imunda e fétida nos porões de uma das construções que serviam de prisão aos condenados pela "Santa Inquisição".

Não vou descrever a tortura pela qual passei. Os livros de história contam esse triste período da humanidade. De todo modo, eu fui molestado sexualmente por inúmeras vezes por membros da "Santa Inquisição". Eles diziam que tais atos eram para eu entender o que é ser afeminado e me purificar antes de ser morto na fogueira. Minhas forças se esvaiam por completo. A alimentação era uma ração apodrecida em pequeníssima quantidade fornecida dia sim dia não.

Até que abriram a cela em que eu me encontrava e jogaram para dentro uma menina que reconheci de imediato como sendo a mulher dos meus sonhos, a Mariana, única amiga que, além da minha mãe Bastiana, escondida, às vezes falava comigo. Ela chorava baixinho. Estava descabelada e exausta, com a roupa rasgada. Ficou imóvel caída no chão imundo de urina, fezes e vômitos. Senti compaixão. Aproximei-me dela apesar das dores atrozes que eu sentia por todo o meu corpo. Ela me olhou assustada, mas vi um pequeno e discreto sorriso de felicidade em seus lábios ao me reconhecer. Encontramos forças para nos abraçar com muito amor.

– Depois que você foi preso, a Eugênia voltou para a aldeia e acusou a mim e outras meninas de fazermos bruxaria. Inclusive a minha grande amiga Maria[58] que preparava os chás calmantes para eu levar escondida até você. Meu pai, Bernardo[59] preparou uma armadilha para a Eugênia ser acusada de bruxa e, desse modo, parar de entregar meninas

58. A Maria a que se refere à Mariana é a mesma benzedeira e parteira Maria da vida física que tive do ano de 1918. (Nota do Leopoldo).

59. Bernardo é o mesmo padre Bernardo da vida física do ano de 1918. (Nota do Leopoldo).

para a "Santa Inquisição" sob falsas acusações. Deu certo e agora essa mulher também está presa e não acusará injustamente mais ninguém.

Olhei aquela bela menina com seus catorze anos. Por alguns instantes esqueci a situação em que nos encontrávamos. Resolvi falar dos meus sentimentos:

– Eu a amo Mariana. Sempre a amei. Sempre sonhei em me casar com você. Nunca disse isso a ninguém, mesmo porque não acreditariam. Dizem que sou afeminado, além disso, eu sou um aleijado. As pessoas têm nojo de mim.

– Amor verdadeiro não impõe condições. Ama-se simplesmente. Eu também amo você Leopoldo que seja afeminado ou não, quer tenha braços ou não!

Abraçamo-nos mais uma vez e por breves instantes sentimos paz! Com muitas dores, sentamos no chão da cela imunda e escutamos passos de guardas que se aproximavam de onde estávamos. Abriram os cadeados, amarraram meus pés e as mãos e os pés da Mariana. Colocaram capuzes em nossas cabeças e eu escutei um guarda dizer ao outro: "este trabalho que fazemos é sujo. Sinto-me mal. Mas eu preciso sustentar a minha família. Por isso faço isso". "Cale a boca Joaquim[60]. Se alguém o ouve falar assim, será você também condenado a morrer na fogueira. O nosso trabalho está de acordo com as leis. Não estamos fazendo nada de errado" – respondeu o guarda Leonel[61]. "Está de acordo com a Lei dos homens, mas tenho certeza de que não das Leis de Deus". "Cala a boca Joaquim ou eu te denunciarei ao 'Tribunal da Santa Inquisição'." E os dois se calaram e continuaram com seus trabalhos.

Fomos levados para a praça principal da cidade, que estava lotada por uma multidão em que a maioria delirava com um mórbido prazer em aguardar mais um espetáculo em que irmãos e irmãs seriam queimados

60. O Joaquim desta vida é o mesmo enfermeiro Joaquim da vida de 1918. E nesta vida de 1.500 ele trabalhou à "Santa Inquisição" até o seu desencarne. (Nota do Leopoldo).

61. O guarda Leonel é o mesmo enfermeiro Leonel da vida de 1918. (Nota do Leopoldo).

vivos nas fogueiras da "Santa Inquisição". Entre a multidão encontramos o Raimundo, a Glória, o delegado Queiroz, o Aguiar, a Josefa[62], a Aurélia, o Rodolfo[63] e o Donato[64] ávidos por sentirem o cheiro dos nossos corpos queimados. A Mariana, eu e mais dois condenados fomos amarrados em estacas no meio da praça, muito feno foi colocado ao redor dos nossos corpos pela Lucinda e pelo Belquior[65], que atearam fogo.

Antes de desencarnar dei um último olhar para a Mariana, de cujos olhos caíam somente lágrimas de tristeza e não de desespero. Vi amor naqueles belos olhos e por mais incrível que pareça consegui sentir paz naquele momento. Deus estava ali comigo e com a Mariana. Eu sentia isso de uma maneira tão forte como nunca o havia sentido.

A fumaça começou a subir e rapidamente o fogo tomou conta dos nossos corpos sob os aplausos enlouquecidos da multidão. A dor indescritível durou muito pouco para finalmente os condenados desmaiarem e partirem adormecidos e amparados por amigos de luz para uma maravilhosa cidade do plano espiritual. Permaneci nessa cidade com a Mariana para nos preparamos para a nossa nova jornada na terra física, que se deu no Brasil e é narrada neste livro a partir do ano de 1918.

E a tela em que se passaram as cenas das vidas passadas desapareceu no ar. Ofegante, disse o Lupicínio aos amigos Lucinda e Belquior:

– Não tenho palavras para comentar os atos atrozes que cometi em tantas vidas – falou o Lupicínio muito envergonhado. Como fui capaz?

– Como você sabe Lupicínio, estamos todos em aprendizado – falou o Belquior. – E observe que, embora a Lucinda e eu não concordássemos com o nosso trabalho de acender as fogueiras, justificávamos isso como sendo a nossa única alternativa de trabalho para aquela vida. Depois

---

62. A Josefa foi à mãe da Mariana na vida de 1918. (Nota do Leopoldo).

63. O Rodolfo foi o irmão da Mariana na vida de 1918. (Nota do Leopoldo).

64. O Donato foi o trabalhador do meu pai que por suas ordens me levou ao sanatório na vida de 1918. (Nota do Leopoldo).

65. A Lucinda e o Belquior são os amorosos e pacientes guardiões que tive na vida como Leopoldo de 1918. (Nota do Leopoldo).

disso, nascemos mais vezes no plano físico e passamos por lições para compreender que somos responsáveis por todo e qualquer trabalho que fazemos. Hoje, no plano espiritual e no aguardo de mais oportunidades de voltar ao plano físico, nos dedicamos, sob as bênçãos de Deus, a auxiliar os irmãos e irmãs que foram mortos nas fogueiras da "Santa Inquisição" pelas nossas mãos que acendíamos as fogueiras.

O Lupicínio respirou fundo e tomou fôlego para perguntar:

– E a Eugênia? Como ficará?

– Vejamos os acontecimentos que agora ocorrem no "Castelo".
E novamente a tela surgiu à frente do Lupicínio e cenas foram passadas. A Eugênia estava amarrada a uma estaca no meio do castelo sob os olhares de todos que viviam naquele lugar e haviam planejado e consumado um golpe contra ela que enlouquecera por não mais conseguir atingir o Leopoldo.

A multidão delirava de prazer ao ver o sofrimento da Eugênia e começou a gritar: fogo! Fogo! Vamos atear fogo na desgraçada. Ela nos mandou para a fogueira durante a "Santa Inquisição". Agora é a vez dela. Nós morremos queimados, mas estamos aqui vivos e não mais ardemos no fogo. Mas ela vai arder eternamente. E o fogo foi ateado. O corpo da Eugênia começou a queimar e exalar um forte odor de carne queimada. Ela gritava desesperada de dor e a multidão entrou em estado de mórbida histeria.

O sofrimento da Eugênia, cuja sensação para ela era de eternidade, é indescritível em palavras. Agora, sim, ela acreditava, cheguei ao inferno. Mas ainda assim continuava a sentir ódio de tudo e todos. Recusava-se a abrandar o coração. Jamais imaginara que pudesse ser traída. Isso porque no alto de sua soberba acreditava-se infalível e, portanto, impassível de que qualquer golpe fosse tentado contra ela.

Mas, para o espanto de todos, de repente, anjos celestiais inundaram todo o ambiente do "castelo". Irradiaram luz branca sobre todas as pessoas e o próprio ambiente. Esses anjos eram, na verdade, espíritos elevadíssimos de luz que transformaram seus corpos espirituais, para esse momento, em forma de anjos iluminados com asas. Isso pelo fato de que muitos irmãos e irmãs que "viviam" naquele castelo acreditavam que somente anjos com asas a irradiarem luz branca poderiam, talvez, um dia salvá-los por eles, sim, serem enviados de Deus.

As pessoas jogaram-se ao chão e "enterraram" suas cabeças na lama. Não conseguiam manter os olhos abertos com toda aquela luz que não viam há muito tempo, alguns dos quais, há séculos. E os anjos de Deus, fizeram com que todos os irmãos e irmãs adormecessem inclusive a Eugênia e os conduziram para hospitais de repouso distantes da crosta da Terra Física para lá permanecerem magnetizados no estado de sono até que, pela misericórdia de Deus, renascessem compulsoriamente.

– Será que todos esses irmãos e irmãs terão mais alguma oportunidade de nascer novamente na Terra ou serão dela exilados? Quero dizer: eles nascerão em um Planeta mais primitivo que a Terra? Perguntou o Lupicínio.

– Só Deus o sabe, meu irmão – respondeu a Lucinda. – Cada caso é um caso. De todo modo, sabemos que Deus sempre faz o melhor em sua infinita bondade e misericórdia. E aonde quer que esses irmãos e irmãs nasçam terão a oportunidade de recomeçar e obter pleno êxito na caminhada de volta a Deus que está dentro de cada um.

Vimos, então, sem demora, toda a construção do castelo ser inundada com a cor prateada e se desintegrar em pingos de luz prateados...

– Observo – falou o Lupicínio –, que sempre nascemos na Terra Física para sermos felizes. Não nascemos para o sofrimento. Mas Deus respeita o nosso livre-arbítrio. Na vida de 1500 poderíamos ter sido felizes. A maior finalidade dessa vida de 1500 assim como em todas as outras foi despertar a compaixão e à reconciliação principalmente entre mim, o Leopoldo e o Jerônimo. Mas nós optamos cada qual dentro de sua responsabilidade, por não o fazê-lo. Daí a necessidade de nascermos incontáveis vidas na Terra Física até obtermos completo êxito em nossos desafios. É a infinita misericórdia de Deus que atua incessantemente.

"E agora entendo o que você Belquior quis dizer quanto ao fato de o Leopoldo e o irmão Jerônimo quebrarem padrões negativos repetitivos.

O irmão Jerônimo avançou espiritualmente, pois ao viver no corpo do coronel Jerônimo na vida do ano de 1918 ele não molestou sexualmente o Leopoldo, embora tenha tido essa oportunidade e desejo. Quanto ao Leopoldo, quebrou seu comportamento repetitivo negativo de suicídio. Ele optou por viver e ter a coragem para tal. Graças a Deus!

"E quanto a mim? Quero dar passos firmes rumo a Deus que está dentro de mim..."

– Se aceitar – respondeu o Belquior –, terá a abençoada oportunidade de dar mais firmes passos rumo à reconciliação entre você, o irmão Jerônimo e o irmão Leopoldo com o amor das irmãs Mariana, Bastiana e muito mais...

Capítulo XVIII

Os cristais do fundo do lago

E a Mariana acordou logo cedo. Mal deu tempo de chegar ao banheiro e vomitou mais uma vez. Seus enjoos e vômitos estavam constantes...

– Será? Amor da minha vida! Perguntei a ela.

– Minhas regras estão atrasadas. Eu não quis falar nada antes para não o decepcionar, caso fosse um alarme falso. Mas, este enjoo e o atraso das regras... Eu não tenho mais dúvidas. Acredito que o nosso bebê já está a caminho a cerca de dois meses – falou a Mariana exultante de alegria!

E após sete meses desse nosso adorável diálogo tivemos a felicidade de ver o lindo rostinho daquele que seria o nosso único filho biológico nesta vida física, o Lupicínio. O parto transcorreu sem complicações e o menino nasceu forte e saudável para a nossa imensa felicidade.

O tempo passou, o Lupicínio crescia e finalmente tornei-me prefeito sem deixar, contudo, de prosseguir com os trabalhos que vinha fazendo com meus amigos para levar dignidade à vida das pessoas da região. Deparei-me com uma prefeitura cheia de dívidas. E por quê? Porque o dinheiro público era usado, há anos, unicamente, para proveito próprio dos seus governantes.

Assim, a minha primeira providência foi colocar as contas em ordem. E para tal cortei quase todos os gastos da prefeitura. Explico: esses gastos eram mascarados, ou seja, os governantes falsificavam documentos para justificar a utilização do dinheiro público como se o fossem para a construção de obras públicas, despesas com educação, saúde, moradia e segurança. Porém, na verdade, essas obras e despesas jamais saíam do papel. O dinheiro público era destinado para uso próprio dos governantes, dos seus familiares e de amigos.

Após os cortes dos gastos falsos da prefeitura, consegui colocar as contas em ordem e inúmeras melhorias foram feitas na cidade na área da saúde, educação, saneamento básico e moradia. Melhorias essas, que são, aliás, direitos de todos os cidadãos. Eu apenas cumpri com o meu dever como político. E dois projetos em particular me deixaram muito feliz: estimulei o artesanato como uma forma de geração de renda. Afinal, tínhamos excelentes bordadeiras e doceiras. E devido à irrigação das hortas, as flores voltaram a nascer, com elas vieram às abelhas e a região se transformou em produtora de mel. Com isso, mais postos de trabalho foram gerados.

E eu gostei demais de exercer o ofício de prefeito. Jamais imaginava que seria tão feliz em trabalhar com a política. Ia às casas da população para ouvir e tomar providências quanto às questões que as pessoas me colocavam. Porém, a minha maneira de governar e, principalmente, o incentivo que dava à população para estudar incomodou muitos coronéis, que passaram a espalhar boatos de que eu roubava o dinheiro público.

Recebi muitas ameaças de morte. Cheguei a levar um tiro de raspão em um dos meus braços e outro em uma perna. Mas eu não me deixei abater. Mantive-me firme em meus propósitos até o fim do mandato de prefeito. Disputei mais uma eleição e não venci. Infelizmente ela foi roubada por coronéis. O tempo passou. O Lupicínio crescia... Era um jovenzinho muito amoroso e carinhoso com todos, principalmente com a Bastiana, a quem chamava, assim como eu, de "bela mãezinha".

E algo em seu comportamento, desde muito pequenino impressionava a todos: ele não tinha medo do seu avô Jerônimo. Ele ajudava a mim, a Mariana e a Bastiana a cuidar dele com muito carinho. O Lupicínio fazia questão disso. Ajudava com o banho, alimentava-o, lia para ele sob a sombra das árvores da fazenda e, também, conversava muito com ele, mesmo que esse nada respondesse, pois estava mudo há anos.

E num dia sob uma árvore com seu avô, o Lupicínio, com dez anos de idade, escutou um choro fraco a poucos metros de onde estava. Foi verificar e se deparou com uma recém-nascida abandonada. Levou-a para casa e disse a mim e a Mariana que ele acabara de ganhar uma irmã. Adotamos legalmente e muito felizes a nossa filha Eugênia[66]. Logo percebemos que ela não se desenvolvia normalmente. Ela apresentava paralisia cerebral[67]. Jamais andou, falou, enxergou e escutou. Era um espírito dentro de um corpo físico vegetativo[68], mas era a nossa menina muito amada e querida. O Lupicínio passou então a dedicar-se com muito amor e zelo, também, à sua irmã além do seu avô Jerônimo.

Um ano após a chegada da nossa filha Eugênia, seis bebês foram deixados abandonados na porta da nossa casa. Não conseguimos descobrir quem eram os seus, assim ganhamos mais seis filhos, os quais nós também adotamos legalmente muito felizes. Para nós não havia qualquer diferença entre o nosso filho biológico e nossos filhos do coração.

---

66. Eugênia essa, a mesma irmã que criara o "castelo" (Nota do Leopoldo).

67. Cada situação é uma situação, ou seja: não generalizemos casos de irmãos e irmãs que apresentam paralisia cerebral como a irmã Eugênia. Isso porque há muitos irmãos e irmãs que aceitam amorosamente renascer na Terra Física, com esse tipo de questão, para prestar serviços à humanidade, como por exemplo, desenvolver a compaixão e o amor incondicional em todos nós. (Nota do Leopoldo).

68. Por misericórdia de Deus a Eugênia nasceu com paralisia cerebral e, também, com uma proteção magnética sustentada por elevadíssimos espíritos de luz. Isso porque, caso contrário, seu corpo físico não suportaria nem ao menos um mês de vida na Terra Física, devido aos ataques que ela sofreria dos seus desafetos. Digamos que ela tenha ficado "escondida" nesta vida dos desafetos. E isso para que ela tivesse a oportunidade, na infinita bondade de Deus, ao viver sem condições de manifestar-se física e intelectualmente, de iniciar à depuração do seu ser espiritual de modo a dar início ao domínio ante as suas inclinações contrárias às Leis de Deus de amor e caridade. Após o desencarne da Eugênia, nesta vida em que a Mariana e eu a adotamos como filha, não tivemos, nem tampouco temos notícias dela até hoje. O que sabemos é que ela está, assim como todos nós, amparada por Deus como filha dele que é, e, também, pelos espíritos iluminados de Deus que velam por ela e a auxiliam a despertar ao caminho de volta a Deus que está dentro dela. (Nota do Leopoldo).

A Mariana e eu costumávamos dizer que Deus nos presenteara com oito lindas crianças.

Os bebês a nós presenteados por Deus, além do Lupicínio e da Eugênia, eram: a Aurélia, a Olímpia – minha mãe e irmã na vida de 1918 –, o Aguiar e a Josefa, pai e mãe da Mariana na vida do ano de 1918 e a Lucinda e o Belquior. Cresceram fortes e saudáveis. A Aurélia tinha muito ciúmes de mim com a Mariana. A Olímpia preocupava-se demais com a saúde. Apavorava-se com qualquer espirro, vivia a dizer que morreria em razão de alguma gripe. Isso nunca aconteceu. Ela desencarnou bem velhinha.

O Aguiar não chegava perto do avô Jerônimo, nem tampouco de sua irmã Eugênia, pois tinha pavor dos dois. Além disso, invejava o irmão Lupicínio, mas este não se incomodava. Ao contrário. Tinha muita paciência com o Aguiar e no fim dessas suas vidas o Aguiar aceitou o Lupicínio como amigo. A Josefa vivia receosa de que à Mariana a abandonasse[69] e a desse para alguém. A Mariana sempre a acalmava e dizia que isso jamais aconteceria, pois ela era mais uma de suas amadas filhas. E a Lucinda e o Belquior muito amorosos auxiliavam a todos nós com suas lindas palavras que exemplificavam com seus respectivos comportamentos. Enfim, estávamos todos reunidos mais uma vez numa vida física e cada qual a trabalhar pela superação de seus conflitos e desafios, sempre com o auxílio de Deus e dos seus obreiros.

As meninas, com exceção da Lucinda, casaram-se e se tornaram excelentes mães. A Lucinda dedicou toda a sua vida à área da educação. Trabalhou intensamente como uma dedicadíssima e maravilhosa professora. O Belquior tornou-se um amoroso padre e após o desencarne do padre Bernardo assumiu a paróquia da nossa região. O Aguiar dedicou-se às fazendas e o Lupicínio decidiu cursar medicina com o intuito principal de estudar as doenças cerebrais e psicológicas, para

69. Isso porque no seu inconsciente a Josefa se lembrava da vida do ano de 1918, na qual tinha deixado a sua filha Mariana com os tios na Europa e por isso se sentia culpada (Nota do Leopoldo).

poder auxiliar pessoas como o seu avô Jerônimo e a sua irmã Eugênia. E findo o seu curso de medicina, voltou para nossa casa e dedicou-se até o último dia de sua vida física ao exercício da profissão de médico com as pessoas da região. Atendia a quem quer que fosse com o maior zelo e carinho possíveis.

O tempo passou... O meu pai Jerônimo, com idade bastante avançada, partiu para o plano espiritual... Depois foi a vez do amado padre Bernardo... Seguido da Bastiana, do delegado Queiroz, do enfermeiro Joaquim, do Raimundo, dos meus filhos Lucinda e Belquior e da minha doce e amada Mariana...

O Lupicínio zelou por mim, com muito amor, durante toda a minha velhice. Sempre ao meu lado tínhamos longas e boas conversas. Tornamo-nos grandes amigos para todo o sempre. Até que durante uma das nossas conversas eu senti uma forte dor no peito e tudo escureceu... Meu corpo físico morreu... Lentamente acordei no plano espiritual e vi dois irmãos a me olharem alegres e amorosamente. Eram os meus amigos Belquior e Lucinda a me darem as boas vindas à cidade espiritual "Casa do Acolhimento em Deus". Recordei da maravilhosa experiência pela qual eu havia passado nesse lugar. Lembrei do lago e o vi a minha frente...

Mas estranhei. Embora a água estivesse encantadoramente límpida, não havia mais os belíssimos cristais em seu fundo. Havia pedras sombrias, escuras e feias. Onde estariam os cristais? Não compreendi... Olhei atentamente para as pedras... Meditei e orei...

Finalmente eu entendi que as pedras representam metaforicamente as minhas escuridões e sombras e revelam as minhas escolhas e ações de modo a distanciar-me de Deus que está dentro de mim. E isso no decorrer de incontáveis vidas que vivenciei e ainda vivencio, nos mais diversos planos dimensionais da Terra e de outros planetas.

Compreendi, também, que as minhas escolhas e ações se deram e, ainda se dão inúmeras vezes, por meio de sentimentos, pensamentos, emoções, crenças, palavras, ações e reações destrutivas e negativas com base no ódio, mágoa, tristeza, rejeição, medo, culpas, raiva, agressividade e revolta para comigo, com os meus irmãos e irmãs, filhos de Deus e consequentemente para com a humanidade...

E eu continuei a observar as pedras sombrias que, paulatinamente, se tornaram transparentes, ao mesmo tempo em que, conforme clareavam expunham cada vez com mais intensidade e despudoradamente todas as minhas sombras e escuridões...

Conscientizei-me de que essa exposição despudorada são lições terapêuticas e imprescindíveis para a minha cura como ser espiritual que eu sou. E no mesmo tempo em que as pedras ficavam transparentes, uma quantidade indescritível de luz do amor de Deus dentro de mim inundava todo o meu ser. Quanto mais sombras e escuridões expostas, mais luz de Deus era jorrada de dentro de mim...

Entendi que no decorrer das minhas incalculáveis vidas nos mais diferentes planos dimensionais do Planeta Terra e de outros, eu de modo vagaroso, mas progressivo, aprendia a compreender, aceitar, respirar e irradiar a Luz de Deus dentro do meu ser...

Percebi que quanto mais eu entendia, respirava e aceitava a Luz de Deus interna em mim, mais eu transformava os meus sentimentos e ações destruidoras em amor para comigo e para com a humanidade. E a cada transformação as pedras transparentes do lago se tornavam em belíssimos cristais a cintilar luz, amor e paz...

Compreendi que o caminho de volta rumo à luz em Deus passa necessariamente, primeiro, pelo conhecimento e pela revelação das sombras. Esse caminho de retorno é muitíssimo longo. Tenho, ainda, uma distância a percorrer inimaginável. Mas eu percebi feliz que cada pedra sombria transformada em cristal representa alegoricamente: uma lição aprendida; um degrau que subo na direção de volta a Deus dentro de mim; e um Planeta Terra mudado para melhor... Esse retorno a Deus em mim, repito, é lento e longo, mas dele não há como fugir: é inevitável.

E observei mais uma vez detalhadamente os cristais que, de repente, retornaram à aparência de pedras escuras e sombrias... Fixei o olhar atentamente sobre as pedras. Percebi que, agora, elas representavam as sombras e escuridões da humanidade e as suas escolhas e ações de modo a afastar-se de Deus que habita todos os corações humanos...

Progressivamente as pedras escuras e sombrias se tornaram transparentes no mesmo tempo em que os sentimentos, pensamentos, palavras, crenças, ações e reações negativas, maléficas e apodrecidas da humanidade eram expostas ao universo através da luz de Deus existente dentro de cada ser humano, sem pudor algum, como lições rumo à cura...

E quanto maior a exposição das sombras, maior era a intensidade de luz irradiada de Deus a partir do coração da humanidade para toda a humanidade e ao Planeta Terra... Enquanto isso, lentamente, as sombras da humanidade se transformaram em luz e amor puro em Deus, e as pedras transparentes, finalmente, se tornaram maravilhosos cristais a reluzir a luz em Deus dentro de cada ser...

Compreendi que o percurso à completa transformação da humanidade para o retorno a Deus que habita os nossos corações é muitíssimo longo e passa primeiro, pela exposição total das sombras... Mas eu vi alegre que cada pedra sombria, transformada em cristal representa alegoricamente uma lição aprendida pela humanidade; um degrau que a humanidade subiu na direção de volta a Deus dentro de si; e representa, também, um Planeta Terra transmutado para melhor...

Entendi que o caminho da humanidade de retorno a Deus passa necessariamente pela compreensão por parte do ser humano de que: cada qual faz parte do todo, somos uma grande família universal inundada na essência de Deus e em Deus; aquilo que faço ao outro o faço a mim e a humanidade; e que a humanidade se transforma a partir da transformação individual... Isso porque somos um.

Abençoado Deus, abençoado Jesus e abençoados os seus trabalhadores a nos auxiliar incessantemente ao caminho de volta à luz em Deus dentro de nós. Caminho esse, abençoado, pelo qual que a humanidade avança firma e forte... Abençoadas e divinas pedras sombrias e escuras necessariamente expostas como lições à cura da humanidade... Abençoada vida... Abençoados cristais do fundo do lago!"

Distribuição exclusiva

AQUAROLIBOOKS®

www.aquarolibooks.com.br